みみの誕生

窪野隆弘童話集

窪野隆弘・作　高慶敬子・画

桂書房

みみの誕生

はじめに

母校、神奈川大学、富士見高原研修所から、ライオン兎の子供を三匹もらってきた。

その兎が一人前になり、平成十七年の元旦の朝、赤ちゃんを七匹産んだ。

十二月になって寒くなり、雪が兎小屋に吹き込むだろうと思い、大きなダンボール箱に、毛布と藁《わら》を入れておいた。

一月一日の元旦、朝日がさし込む兎小屋の片すみをのぞくと、もぞもぞと動く物を見付けた。何だろう?と羽毛と藁に混じって、赤いねずみのような物が見える。

あゝ、赤ちゃんを産んだのだなあ!と、思わず胸がどきどきしてきた。

小学生の頃、兎を育てた経験がある。

兎の赤ちゃんや見るのは、何十年振りだろうか。つい、うれしくなり、興奮してしまった。その時の気持の高ぶりが、「みみの誕生」と言う、原稿用紙四枚の童話になった。

幸い、北日本新聞の夕刊、「とやま童話館」に平成十七年三月三十一日付で掲載された。それが童話を書くきっかけとなり、「とやま童話館」にその後、十三篇が載った。

残念にも、平成二十一年十二月で夕刊が休刊となり、「とやま童話館」の欄が無くなった。現在も試行錯誤を重ねながら、童話を書き続けている。ここに三十五篇を出版することに致しました。

とにかく、その時々に、せいいっぱい書いたものばかりです。この本を手に取り、読んでいただければ幸いです。

もくじ

みみの誕生

みみ（兎）たちは平成十七年の元旦に七匹も産まれた。神奈ママが年暮れに大きなお腹をかかえて、せっせと胸の毛を抜いて、大きなダンボール箱を温かくしてくれた。今年は暖冬だと聞いていたのに、みみたちの産まれた兎小屋は、すっぽりと大雪に囲まれた。

外はビュービューと北風の冷たい音がする。

どんなに外が寒くても皆の体温で温め合っているからへの河童だ。それにママの毛が布団のように軽くてとっても温かいわ。三週間もしないと、ママのように温かい毛が生えないから鼠の子にそっくりである。みみたちが腹がへったなあと思う頃、神奈ママがおっぱいをくれる。

「早くママの乳首に吸いつかないと何時も、お腹がグウグウ鳴って困るなあ」

「僕たち兄弟が七匹もいるから何でも競争が激しいんだ」

ママもみみたちにおっぱいをいっぱい吸われるから、

「お腹が減ってかなわない」

みみの誕生

とこぼしていた。飼い主のお父さんがやさしくて、主食のラビット・フードの他にキャベツ、サツマイモ、大根、ニンジンなどをたくさん運んでくれる。だから次から次とママのお乳が出るんだよ。

「僕たちは三週間もしたら、やっとお目々が見えてきた」

「毛も少しだけ生えてきた。七匹ともママにそっくりの茶色の毛並みなの」

「ねえ、ママは何処で産まれたの」

「ママは飼い主のお父さんの母校、長野県富士見高原にある神奈川大学富士見高原研修所の兎小屋で産まれたの」

「そこには大きな大きな兎小屋があって、ライオン兎が六十匹もいるのよ」

「ライオン兎というのは、ライオンのように毛がふさふさしていて、たてがみがあるの」

「それに富士見高原の冬はとっても寒くて、氷点下十度にもなるのよ。道路が凍りついて自動車がよくスリップ事故を起こすんだ」

「ママ、僕たち、ちっとも寒くない訳が分かった」

「ママの血を引いて寒くないんだ」

僕たちがだんだん体が大きくなってきたら、ダンボールの中が狭くなってきた。毎日、皆で押し合いへしあいも大変だ。こわごわ外を見渡したら、僕たちの大きな家は畳が二枚敷ける広さだ。聞くところによると近所の大工さんとお父さんが古材を使い、二日間もかかった自慢の家だ。柱の角にラビット・トイレ、鉄製の餌入れ、アルミの水入れと至れりつくせりだ。ママがお腹がすいてきても、お乳をくれなくなった。仕方がないからダンボール箱から外に出ることにした。

「外は広くていいなあ」

「これなら思い切り遊べるぞ」

ラビット・フードを舐めてみた。

「甘くてうまい。だけど少し硬いなあ」

「もう少し歯が強くならなくちゃ」

「キャベツがある。これは柔らかくてうまい」

「サツマイモもある。これはもっと甘い」

ママも食べにきた。みみたちがこれがチャンスとおっぱいに吸いついた。だけれどママは冷たくほんの少ししか飲ましてくれない。

「みみ、あなたたち七匹もいるのだから、いずれよそのお家にもらわれて行くの。早く自分で食べる訓練をしなくちゃ駄目なの」

「キャベツやサツマイモをたくさん食べたら満腹になった」

「ダンボール箱に戻って一寝入りしよう」

「僕たち兄弟仲良く、くるまって寝るとちっとも寒くないなあ。それに暗い夜も怖くないんだ」

「やっぱり兄弟が多くて良かったなあ」

「ただ、僕たちに大きな心配ごとがある。パパ兎二匹、ママ兎二匹、僕たちみみ兎七匹、皆で十一匹になっちゃった。掃除も大変だし、育ててくれるかなあ」

「やさしいお父さんだもの、いくらでも育ててくれるさ。仲の良い兄弟だから、別れ別れになるのはいやだなあ」

「この間、お父さんが言っていた。秋の稲刈りが終わったら、田圃を耕して大根をたくさん作るのだって」

「それを乾燥させて冬になると僕たちに食べさしてくれるらしい」

「春になって草が土手中にはえて、それを思う存分食べてみたいなあ」

「春よ早くこい」


（北日本新聞夕刊　H・17・3・31）

長尾の散歩

私は長尾（蛇）、体長約一・五メートル、胴回り約六センチ、直径約三・五センチ、色は茶褐色である。昨年の十一月下旬から冬眠に入った。それまで毎日、虫や雨蛙などを腹いっぱい食べておいた。外は春を迎えて暖かくなってきたのが土の中まで伝わってくる。厚い雪の下の地中にじっと冬眠するのも退屈なものだ。冬眠とはいえ、たくわえていたエネルギーを全部使いはたしてしまった。胴回りもずいぶん細くなったような気がする。

今日は急に気温が上がって外は暑いくらいの春の陽気に包まれている。

「土の中は温かく、外敵もこなくて安全だが、ずっと穴の中というわけにもいくまい。そろそろ外へ散歩に出ることにしよう」

私はこの杉木立の庭が大変気に入っているんだ。ここに住んでもう五年もたつ。平常はツツジの木の下に穴を掘って寝ぐらにしている。家主は大変な縁起のかつぎ屋で「巳は昔から金運がある」と言って、私を大歓迎してくれる。非常にありがたいことだ。

私が散歩に出て家主に会うと「長尾に会ったから」と興奮をして早速ジャンボ宝くじを

三十枚も買ってくる。そして必ず当たると一人で喜んでいる。奥さんや子供たちは、そんな家主を何でも縁起をかつぐ変な人と軽べつをしている。たまたま一万円が当たったら、長尾様のおかげだと私をまるで神様扱いだ。

家主が私を歓迎する理由がほかにもある。自慢の庭の土をあちらこちら盛り上げるモグラを私が退治しているからである。それから鼠や雨蛙も好物である。

私の散歩コースは、太陽が差して地面が温かくなる午前十一時ごろに穴からはい出す。そしてツツジの木の下をぐるりと回って、庭を一周する。途中、前庭にある樹齢百年以上もたつモミジの大木に登ってみる。広い広い黒部川扇状地を見渡したいが、残念なことに私は目が悪い。

その代わりに鼻がきくし、小さな音だってよく聞こえる。だから狙った獲物は百発百中だ。それに私が木登り上手なことを人間様はあまり知らないとみえる。先日もモミジの木のてっぺんまで登って遊んでいた。そうしたら家の中から人がぞろぞろ出てきて、珍しそうに「長尾だ！長尾だ！　どうやって登ったのだろう」と大騒ぎになった。あまりにも騒々しいので下りるのをしばらく我慢していた。木の上には雨蛙や虫がいて食い物には困らない。

一番怖いのは私の天敵、烏である。烏の乱暴さには日ごろからまいっている。烏のやつらは手当たりしだい何でも食らい付く。この前も私に襲いかかってきた。烏さえいなけりゃ怖いものなしの天国なのに。いままで仲間が何匹、食われたことやら。本当にいやなやつだ。

この間、家主をびっくりさせて悪いことをした。まだ朝のうちで寒かった。ツツジの上にとぐろを巻いて、気持ち良く日なたぼっこをしていると、草むしりをしている家主が腰を上げると同時に目と目が合った。私はとっさに逃げようとした。家主も突然だったので跳び上がって腰をぬかした。そのぶざまな格好を見て「人間て偉そうなことを言っているが、案外気が小さいものだ」と私を大変笑わせた。

私はなぜか人間から嫌われているようだ。理由の一つ目に、体が細長く手足がないこと。二つ目に、かわいくないこと。三つ目に、にょろにょろはって歩くことらしい。

ことわざにも「蛇の生殺し」とある。徐々に苦しめることで良い意味ではない。しかし干支の十二支の中に入っている。家主は私を家の守り神とあがめて大事にしているようだ。「恩返しにこれからも庭のモグラ退治と、特別に私の念力でサマージャンボ宝くじを、とりあえず十万円くらい当ててやろうか」。実現するかしないかは神様のみの知るところであろう。


（北日本新聞夕刊　H・17・6・30）

カラスのつぶやき

私たちの群れ（カラス）である三十羽の寝ぐらは、鎮守の森の杉木立である。広い敷地に杉の大木が多くあり、昼も薄暗く人があまり寄りつかない。それゆえ私たちの寝ぐらとして最高の場所である。

白々と夜が明けると同時に、一日の活動をはじめる。冬の間は大地が雪におおわれて食べる物が少なく、ひもじい思いをした。広大な黒部川扇状地は白いだけで何もない。幸い近くに低い山々がつらなっている。野兎や野ねずみならいるだろう。

野ねずみを捕まえるのが中々むずかしい。穴から外へ出る一瞬をねらうんだ。何日もかかってやっと一匹をつかまえればいい方だ。春になって田圃が引き起こされると、土の中にいたミミズや虫がわんさと出てきて食べる物に困らなくなった。

人間は黒いカラスの集団を不気味だと言ってきらっている。私たちは誰よりも臭覚が発達している。昔から家の周りにむらがると死人が出たとささやかれたものだ。それくらい鼻がきくんだ。人間からどんなに毛嫌いされようと、私たちだって生きるのに必死なんだ。人間の残飯をあさったり、お墓のお供え物までねらったりするんだ。空から見るとローソクなど、きらりと光るので食べられなくても取ってみたくなる。

ねらう物は何でもある。夏になるとスイカ、キュウリ、トマト、ナスなど手当たりしだいだ。私たちもきれいに食べれば良いものを、少しつついて柔らかく熟したものだけ食べることにしている。堅いものは後まわしだ。やはり赤く実ったスイカが一番甘くてうまいなあ。秋になってねらうのは、赤く熟した柿だ。昔と違って近頃の子供たちは、おやつを十分にもらっているらしく見向きもしない。だから毎日のように保育所の庭にある柿を食べに通った。窓から見ていた園児たちは、カラスが柿を食べていると大騒ぎになった。子供たちは柿をカラスが食べるものと思っている。

私たちは何でも食べる。虫、雨蛙、蛇、ネズミなど多種多様だ。腐ったものでも平気で食べるし、雑食性なんだ。人間は私たちを称して「地球の掃除屋」とまで言っている。

食べるものに困るとスズメもねらいうちだ。スズメも私たちを恐れて側にこなくなった。先日も車庫に置いてあったドッグフードを皆で袋をやぶり半分程食べてやった。後で車庫の持ち主が頭にきているだろうと気の毒になった。人間と私たちとの知恵くらべだ。人間なんてへのかっぱだ。生ゴミに網をかぶせたり、鉄製の大きな箱を作って私たちを寄せつけようとしない。それでも網のすき間から、上手に生ゴミを引っ張り出すんだ。

カラスの悪口ばかりじゃ私たちも悲しい。昔から人とカラスとの深いつながりから色々なことわざがある。カラスのように規律も統一もなく集まることを「烏合の衆」と言って軽べつするのに使っている。人間たちよ烏合の衆になってはだめだ。自分に信念を持って行動しなくちゃ賢い人間と言えないぞ！

入浴を簡単にすますことは「烏の行水」と言われている。日本人はせっかちだから烏の行水が多い。それから日本女性の黒髪をたたえて「カラスのぬれば色」と言うじゃないか。でも近頃の人間社会では、わざわざ黒髪を赤く染めるのが流行しているんだって。私たちから見ると日本人のお顔は黒髪がぴったりと似合うと思うのだがなあ。日本も変わったものだ！　ああなげかわしい、なげかわしい。童謡にだって多くのカラスが登場する。カラスなぜ啼くの…という「七つの子」が皆に歌われている。「からすの赤ちゃん」もある。

これから私たちは、鳥類一の利口者として、地球上に君臨していくぞ！　人間なんかに負けてたまるか。おれたちにも生きる権利がある。

（北日本新聞夕刊　H・17・10・27）

健太のプレゼント

健太は日曜日になると、おじいちゃんとウオーキングに出かけていました。距離は家から健太の通っている桜ケ丘小学校までの往復四キロです。田んぼの真ん中をまっすぐ走る道には立派な歩道があり、安心して歩けました。

健太のウオーキングシューズは、おじいちゃんが七歳の誕生日にプレゼントしてくれた新品でしたが、おじいちゃんのシューズは、よく見ると大分くたびれていて、右の親指の方に小さな穴が空いていました。

おじいちゃんは晴れていると毎日ウオーキングに出かけていました。健太は自分の新しいシューズとおじいちゃんのくたびれたシューズを見る度に、何か落ち

着きませんでした。

健太にはおじいちゃんがかわいそうに思えたのです。健太はおじいちゃんに、どうかして新しいシューズをプレゼントしたいと考えました。だけど先立つお金がありません。そこで、何か自分にできるアルバイトがないかと考えました。そして、家族のみんなが喜ぶ良い方法を思いつきました。それは肩もみと腰もみでした。お父さんは慢性腰痛といって「腰が痛い」が口癖になっていました。お母さんもいつも肩が凝ると言っています。おばあちゃんも腰痛で立ち上がる時は思わず「どっこいしょ」の声が出ていました。

早速と健太は「肩・腰もみ券」を作ることにしました。十分間の百円券、二十分間の二百円券、それに無料サービス券も作りました。

晩ご飯が終わると健太は、

「お母さん、肩たたき券要りませんか？」

「おばあちゃん、腰もみ券要りませんか？　今日はサービス券つきだよ。今日は特別に十分間おまけします」

何だか押し売りのようだなと思いながらも、大きな声を張り上げました。気前の良いお父さんからは、腰が痛くなると
「おおい健太、二百円券頼むよ！」

たびたび声がかかりました。おばあちゃんやお母さんからも時々声がかかり、お陰で大分お金がたまりました。何とかおじいちゃんの誕生日の六月十日までに目標の金額が貯まりそうです。

　健太はおじいちゃんの喜びそうなウオーキングシューズの下見に行こうと、ショッピングセンターにやってきました。靴売り場に行くと、男性用の革靴、女性用革靴、子供から赤ちゃんの物まで色々な靴がいっぱい並んでいます。健太がウオーキングシューズを探していると、

「どのような物をお探しですか」

若くて優しそうな女性の店員さんが声を掛けてくれました。訳を話すと、

「それはそれは。軽くてとても履き心地の良いものがありますよ。さあ、こちらにどうぞ。これなどはいかがでしょう」

一足のウオーキングシューズを健太の手にとってくれました。サイズは二六センチ、おじいちゃんの足のサイズにぴったりです。それに、健太が貯めたお金でどうにか買えそうです。グレーに紺の縁取りがとてもかっこよく、何よりもとても軽いのが気に入りました。健太はその靴を買うことに決めました。そして、おじいちゃんの誕生日まで、プレゼントのことを秘密にしておくことにしました。

待ちに待ったおじいちゃんの誕生日、家族揃っての誕生会が開かれました。おじいちゃんは満七十歳、古希の祝いです。でも、とても元気で、誰が見ても七十歳には見えません。

「おじいちゃん、これは僕からのプレゼント」

健太が少し得意になって、きれいにラッピングされたシューズをおじいちゃんに渡しました。おじいちゃんはびっくりして箱を開け、大喜び。シューズを取り出して早速履いて足踏みをしました。おじいちゃんの目が潤み、涙が光っているのを健太は見逃しませんでした。健太は胸が熱くなってきました。お父さん、お母さん、そしておばあちゃんはそんな健太に大きな拍手を送り、とても嬉しそうでした。

（北日本新聞夕刊　H・18・1・26）

タミおばあちゃんの甘酒

夕日が山を真っ赤に染めるころ、タミおばあちゃんは暖簾を下ろし、お店の後片付けを始めました。今日も沢山のお客さまがおばあちゃんの甘酒を飲みに来てくれました。ほんのりとした優しい甘さの甘酒は、麓の人たちに大人気なのです。お客様がおいしそうに飲んでくださるので、タミおばあちゃんは毎日とても幸せでした。

さて、明日の甘酒の準備をしようと、おばあちゃんは、山の湧き水で炊いたおかゆに、麹をぱらぱらとまき、大きなしゃもじで丁寧に混ぜ合わせました。それから「甘くなれ甘くなれ」と呪文を二回唱え、明日の準備は完了です。

準備の終えたタミおばあちゃんは、一息入れようと窓辺のテーブルに腰掛けました。温かい甘酒を飲みながら、明かりの灯り始めた麓の町並みを眺めていた時のことです。突然、草むらがざわざわして、二匹の子狐が目の前を走り去りました。

「あら、あら、子狐の元気なこと」

タミおばあちゃんは目を細め、うとうとし始めました。

しばらくすると、お店の戸をトントンと叩く音がします。こんな時間に変だなと思いながらも戸を開けると、見慣れない小さな女の子が二人、手をつないで立っています。

「あの、温かい甘酒を飲ませてちょうだい」

お姉ちゃんらしい女の子。今日はもう、お店を閉めた後だったので、タミおばあちゃんはちょっと困ったな、と思いました。でも、こんなかわいいお客様に、お断りはできません。タミおばあちゃんは二人を、お店の一番奥のテーブルに座らせ、子供たちの前に甘酒を二つ差し出しました。

「いただきます」

二人揃って小さな手を合わせます。たっぷり入った甘ざけを両手で持っておいしそうに飲み終えると、お姉ちゃんらしい女の子は肩に掛けていたポシェットから、ぴかぴかの一円玉を二個取り出しました。

「ごちそうさまでした。また、来ても良いですか？」

そのお金をタミおばあちゃんに差し出しました。タミおばあちゃんはびっくり。

「ええ、また来てくださいね」

イチゴジャムの入っていた瓶に甘酒を入れて持たせてあげました。

テーブルに腰掛けたまま眠ってしまったおばあちゃんが目を覚ましたのは、日もとっぷり暮れてのことでした。窓からは麓の町の明かりが、黄色や赤、緑に輝き、宝石を散りばめたように見えていました。

「それにしても楽しい夢を見たものだわ」

おばあちゃんは思いました。

それから三日後のことです。一日の仕事を終えたタミおばあちゃんは、いつものように甘酒を飲みながらうとうとしていると、お店の戸をとんとん叩く音がします。

「あら、あの子どもたち」

戸を開けると、若い女の人とあの子供たちが立っています。

「先日は子供たちがお世話になり、それにお土産までいただきありがとうございました」

手にしていた籠をタミおばあちゃんに差し出しました。中にはつやつやとした栗が沢山入っています。タミおばあちゃんはまた、子供たちが来てくれたのでうれしくてたまりません。三人に甘酒を振る舞おうと浮き浮きと準備にかかりました。その時です。突然、胸がキューと締め付けるように苦しくなりました。何だか天国にスーと吸い込まれるようです。遠く彼方からピーポーピーポーと救急車の音が聞こえます。

タミおばあちゃんが気が付いたのは、病院のベッドの上でした。心配そうに娘さんの家族がタミおばあちゃんをのぞき込んでいます。

タミおばあちゃんはラッキーでした。病院に早く運ばれたのですぐに元気になり、間もなくお店に戻ることができました。

それにしても不思議です。誰が救急車を呼んでくれたのか誰にも分からないのです。でも、タミおばあちゃんは信じていました。救急車を呼んでくれたのは、子供たちのあのお母さんだと。そして、あの三人は裏山に住む元気な狐の親子に違いないと思うのでした。

（北日本新聞夕刊　H・18・3・30）

人里に下りる猿たち

太郎吉は船見山の猿軍団のボスである。ずうたいが大きく顔が精かんなので、この船見山一帯では有名である。雄の七歳。

群れは二十匹いる。夏は、山には食べ物を探せばいくらでもある。人里の野菜畑はもっとたくさんおいしい物がわんさとある。

「さあ、今日は人里の民ばあちゃんの畑へ行くぞ！　レッツ・ゴー」。

船見山から四千石用水の林に沿って歩き出した。途中、何回か休けいをとりながら移動しなければならない。なぜかと言えば今年の春に生まれた赤ちゃん猿におっぱいを飲ませなければならない。

「やっと野菜畑へ到着したぞ。みんな手はじめにトウモロコシから食べよう」。

太郎吉が合図をすると群れの一団がいっせいに食べはじめた。あっという間にトウモロコシ畑が見るもあわれな姿になってしまった。

民ばあちゃんは今日も朝早くから、せっせと野菜畑の手入れに余念がない。雪が消え春

になると畑を耕し、畦を作り、キュウリやナス、トマト、トウモロコシ、ジャガイモ、ネギ、カボチャなど、ありとあらゆる野菜苗を植えた。今年は毎日のように雨が降り続いた。長雨がようやくにして終わり、七月に入ってやっと強い太陽が照り、野菜が実ってきた。おいしい野菜をたくさん作って家族中に腹いっぱい食べさせてやりたいと思っていた。

民ばあちゃんの一番の悩みは、この人里まで猿の群れがくるようになったことだ。先日もせっかく丹精込めて作ったジャガイモを根こそぎ食べられてしまった。はらわたが煮えくり返るほど腹が立った。畑の周りに網を張って太郎吉たちの侵入を防ぐのだが、彼らは利口だから一カ所でも小さなすき間があれば、そこから侵入する。民ばあちゃんは、太郎吉たちを山へ追い返す方法をいろいろと企てている。爆竹や花火、ラジオを大音量で鳴らし、太郎吉たちをびっくりさせる。

船見山の麓の広い田んぼが草ぼうぼうの放棄田になっている。稲の穂が実る時期になると太郎吉たちに荒らされてしまう。情けない話だ。

どうして太郎吉たちが人里までくるようになったのか。町内の寄り合いで真剣に話し合われた。昔は山里にも人が住み、人家もそれなりに点在していた。そこまでが猿たちの縄ばりとなり、人里への侵入を防いでいた。山里に住んでいた人たちも雪の多い不便な山の生活をきらって街へ下りて生活するようになったから、という結論に達した。人間もそうだが、太郎吉たちも一度おいしい食べ物の味を覚えると忘れることができず、多少の危険がともなっても食べる物を求めて人里まで下りて行く。人間が心を込めて作った野菜をいとも簡単にいただけるからだ。

猿軍団の来襲があったと町役場の担当課に電話が入れば、係員がすぐにかけつけてくれる。町の猟友会員もかけつけてくれる。今年の春に生まれた赤ちゃん猿はお母さん猿のおなかにしっかりとつかまっている。よく落ちないものだ。昨年生まれた小猿は背中におんぶされている。人里へくる猿は栄養が良いとみえて顔もお尻もえらく赤くつやびかりがしている。親子猿のほほえましい光景が心をなごませるが、背に腹は代えられない。あまりのひどさに、猟友会員の人が追っぱらうことになった。

だが、人家の多い所では危険があるので、鉄砲を安易に撃つことができない。猟友会員の人が、過去に山で猿を射止めようとしたら猿が手を合わせて人間の方をじっと見詰めた。その手が人間の手指に見えて立ちすくんでしまった。銃煙のにおいが残ると、しばらく動物が近づかない。猟師も殺生はよほどの覚悟がないとできないものらしい。

民ばあちゃんは考えた。最後の手段は、お金がかかるが、電気柵で畑全体を囲うことだ。

当分の間、太郎吉たちと民ばあちゃんの戦いは続く。

（北日本新聞夕刊　H・18・11・9）

寅吉の冒険

「寅吉、お留守番頼んだわね」

お母さんはネコの寅吉の頭をなで、急いで買い物に出て行った。

「僕はもう五カ月、さびしくなんかないぞ。こんなに大きくなったし、どこにだって一人で行けるんだ」

寅吉はいつものように一階の部屋を見回ってから、二階の部屋も〝探検〟することにした。

「あっ、二階の縁側の端に動くものがある。誰だ！」

寅吉が忍び足で近付くと、少し開いた窓から吹き込む風でカーテンが揺れていただけだった。

「えい、ジャンプだ。どんなもんだい。僕はこんなに高くジャンプだってできるぞ」

寅吉は得意になって、少し開いた窓から庭に飛び出した。

外はすっかり春。

「お日様はなんて暖かくって、気持ちが良いんだろう！」

生後五カ月の子ネコの寅吉は、初めての外の世界がすっかり気に入った。

土手に出ると、一面のタンポポが黄色い花を咲かせ、押しくら饅頭をしている。

「やあ、寅吉君。今日は良い天気だね」

タンポポや空を飛ぶヒバリさんがあいさつをしてくるので、寅吉の気分は最高だった。

寅吉が土手の散歩を楽しんでいると、誰かが自分の後をついて来ているような気がした。

ふと横を見ると、茶色の縞模様の子ネコが、じっとこちらを見ているではないか。

「変なやつ。僕を見ているだけで、あいさつがない」

みんなが自分にあいさつをしてくれて、それが当たり前と思っていた寅吉は、黙って見ているだけの子ネコが生意気に思えたのである。

「えい、パンチのおみまいだ！」

寅吉は三連発のパンチを送った。するとどうだろう。素早いパンチで反撃され、おまけに顔に水をいっぱいかけられた。寅吉は心臓が止まるほどびっくりした。

寅吉は走った。走りながら思った。輪を描いて広がっていく顔の怖さを。

寅吉は怖くてたまらなかった。走って、走って、その場から少しでも離れたいと思った。

その様子を高い空から見ていたヒバリが心配して、

「おーい、寅吉君、そんなに急いでどこに行くの？」

と声を掛けてくれたが、今の寅吉には何も聞こえない。

寅吉は走り続けた。心臓が止まるかと思うほど走った寅吉は、やがてうずくまるようにして足を止めた。息を弾ませながら、「ここまで来ればもう大丈夫」と自分に言い聞かせた。苦しい息が少し治まると、寅吉は心細くなり、家に帰りたくなってきた。

家に帰ろうと向きを変えた寅吉の目に入ったのは、何とさっきの子ネコ。

寅吉はまたびっくりした。だが逃げようにも、もうそのエネルギーが残っていなかった。ところがである。仕方なく立ち止った寅吉が見た子ネコは、初めに見た時の得意げで、生意気そうなネコとは大違い。疲れた表情で不安げな顔をした子ネコではないか。

寅吉はとっさに軽く右手を上げ、あいさつをしてみた。すると、向こうは左手を上げてあいさつを返してきた。今度は右の耳をかくと、向こうは左の耳をかく。なかなか面白い。

顔をなでたり、しっぽを振ったりしてしばらく遊んでいた寅吉は、そこにいる子ネコが、小川の水面に映る自分の姿だとようやく気が付いた。得意げで生意気そうな子ネコも、心細そうな子ネコも、みんな自分だったのだ。

それにしても、自分が変われば相手も変わる。大切なことに気付いた寅吉は、「タンポポさん、さっきは走りながら踏みつけてごめんね」とささやき、今来た道を戻って行った。

（北日本新聞夕刊　H・19・3・29）

猿山の野菜畑

太郎吉親分は悩んでいた。船見山一帯を縄張りとする四十匹の猿軍団のリーダーとして、常に責任と心配事がつきまとっている。十五歳の高齢猿になってもボスである以上仕方がない。危険を冒して人里へ下りると、人間から目の敵にされる。先日も犬に追われ命からがら山へ逃げ帰った。人里へ行けば、おいしい食べ物がわんさとある。トウモロコシ、カボチャ、枝豆、スイカなど手当たりしだいに頂戴する。こんなに容易に食べ物が手に入るから見過ごす訳にはいかないのだ。山で手に入る木の実は限度がある。ひんぱんに人里へ行き野菜畑を荒らしに行くと、人間に嫌われる。

太郎吉は思案の末、猿軍団の全体集会を開くことにした。

「皆さん、何か人里に下りない良い方法がありませんかね」

ナンバーツウの次郎吉がおもむろに手を上げた。

「人間の真似をして、われわれも野菜畑を作ればどうかね」

けんけんがくがく色々な意見が出た。

猿山の野菜畑

「猿山に野菜畑を作ることに賛成の方、手を上げて下さい」

小猿を除いて皆手を上げた。

「それでは野菜畑を作ることに決定しましょう。それには先ず、人里へ行って人間の野菜作りを勉強してくることですね」

「それでは善は急げのたとえ通り、早速と来週の月曜日に人里へ行って、野菜作りの方法、やり方をつぶさに見てきましょう」

前もって目星を付けておいた民ばあちゃんの広い畑には、スイカ、キウリ、トマト、トウモロコシ、カボチャ、サツマイモなどが栽培されている。さすがに民ばあちゃんは野菜作りの名人だ。本当に見事な出き具合だ。民ばあちゃんが家へ昼食を食べに帰る時をじっと待っていた。帰った時をみはからって、皆で手分けをして、スイカ、トマト、トウモロコシ、カボチャなどを根っ子ごとむしり取り、大切にかかえて山へ逃げ帰った。前もって作ってあった畑へそれらをていねいに植えることにした。畑の前に大きな立看板が立った。

「太郎吉グループ野菜試験畑、関係者以外の者、無断立入りを禁ず！」

なかなかぎょうぎょうしい。猿たちは毎日、野菜の成長を観察するのが日課の一つになった。キウリの成長の早いのには驚いた。子猿が棒切れを持ってきてキウリの上に重ねた。三十《チセン》もある。驚きで目を丸くしている。

この所、太郎吉グループの野菜試験畑が有名になって、あちこちの猿グループたちの見学が跡をたたない。日ごとに野菜が大きくなってきた。この間、何処かで聞いたのか、隣りの棚山を縄張りとする松吉親分が三十四の群れを連れて見学にきた。なーる程、なーる程とうなって帰って行った。そのうちに真似をする猿グループが出てくるだろう。植えてから三カ月たったスイカが丁度、食べ頃となった。

「おおい皆集まれ！」

太郎吉親分が皆の前で割って食べてみた。

「おいしいぞ！」

広場の前に大きな立かんばんが立った。

「猿諸君へ！　きたる八月十五日、午前十一時より、『スイカ大収穫祭』を実施。食べ放題、料金無料」

とある。当日は四十四全部が集まってきた。太郎吉親分は神妙な声で

「皆、今日はご苦労。スイカを腹一杯食べて良いぞ」

じじばば猿、中年猿、青年猿、子猿たちが一斉に食べはじめた。伝達事項が言い渡された。

「スイカの種は来年用に取っておくように」

猿山には化学肥料がない。その代わりに落葉ならいくらでもある。

「落葉を集めて堆肥や腐葉土を作りたい。今日は全員総出の落葉集めの日にする。皆がんばっていただきたい」

太郎吉親分は宣言した。

「近い将来、自給自足村を設立する。安心、安全で住み良い猿山作りが目標である。諸君のご協力ご支援を心からお願いをする」

何処かで聞いたセリフだが、この猿山でも大きな変革が訪れようとしている。猿山の未来はどんな困難なことがこようと前途洋々と輝いて見える。

（四季　H・19・10・1）

仙吉じいさんと灯籠

仙吉じいさんの家には、小さな庭がありました。じいさんは以前から、自分で作ったその庭に大好きな灯籠を飾りたいと思っていました。

ある時、仙吉じいさんはなけなしのお金をはたいて高価な灯籠を買いました。名のある職人がのみ一本で彫り上げた立派なものです。妻のたみばあさんは、じいさんの買い物を腹立たしく思いました。

「こんな高い物を買ってきて、どうするがけ」

あきれていましたが、じいさんは何を言われても平気で、

「どこから見ても美しい灯籠じゃ。俺が死んだら、一緒に棺桶に入れてもらおうの」

朝な夕なに灯籠を撫でては話し掛けるのでした。

ある日のことです。山仕事から帰った仙吉じいさんは、急に胸が苦しくなり、倒れました。医者が駆けつけましたが、すでに手遅れでした。じいさんはそのまま、亡くなってしまいました。

たみばあさんは、何と早く、あっけなく死んでしまったのかと悲しみました。

「あんたはんが好きだった灯籠、担いで持っていかれませ」

涙を流し、冷たくなったじいさんにせめてもの言葉を掛けるのでした。

そのころ、あの世の仙吉じいさんは、三途の川を渡ろうともがいていました。背中に担いだ灯籠が重いため、なかなか渡れないのです。やっとのことで渡り切ると、恐ろしい顔の閻魔大王様が待っていました。

大王様の前には大きなスクリーンがあり、家来の鬼がスイッチを入れると、生前の仙吉じいさんの姿が猛スピードで映し出されました。たまには悪いこともしてしまった仙吉じいさんです。恥ずかしさに顔を赤らめていると、大王様はニヤリと笑い、判決を下した。

「まあまあ、おまけして極楽へ行かせてやろう。さあ、極楽へ行くがよい」

雲に乗せてくれました。ところが、どうしたことか、雲は一向に浮き上がらないのです。大王様が何度もスイッチを押しますが、うまくいきません。

「じいさんや、背中の灯籠のせいで重量オーバーじゃ。雲が上がらないと地獄に行くしかないぞ」

かわいい灯籠と離れたくないと思ったじいさんは、悩んだ末、地獄にとどまることにしました。じいさんは考えて、大王様にあるお願いをしました。

「大好きな灯籠を飾り、庭を作らせてください」

と申し出たのです。

庭など見たことのない閻魔大王様は、一度見たいと思い、願いを聞き入れました。それから庭作りが始まりました。じいさんは鬼たちに手伝ってもらって池を作り、マツやモミジ、サクラなどを植え、灯籠を置いて立派な庭に仕上げました。

毎日忙しい閻魔大王様も、庭で一休みするのが何よりの楽しみになりました。じいさんは庭の手入れが楽しくて仕方ありません。地獄に落ちた人たちも、休み時間はそこで過ごすことができ、「まるで極楽にいるようだ」と思いました。

ある日、たみばあさんが庭に出ると、仙吉じいさんの灯籠がなくなっていることに気付きました。

「ああ、あの世へ持って行ったのだ。きっと庭作りを楽しんでいるのだな」

しみじみ思うのでした。


（北日本新聞夕刊　H・19・12・27）

仙吉じいさんとロボット

仙吉じいさんが一人でやっている小さな食堂は、お昼時になるといつもお客さんでいっぱいになる。お店は小さいから十人ぐらいがやっと入れるほどである。

「塩ラーメンを頼むよ」

「こっちは玉子丼」

「おれはカレーライス！」

顔見知りのお客さんたちは、口々に注文をする。そのたびに、

「はいよ！」

仙吉じいさんの元気な声がお店いっぱいに響き渡る。

調理、給仕、会計、後片付けと一人で何役もこなさなければならない。年のせいか若いときのように元気が無くなり、忙しい昼時が終わるとへとへとに疲れはててしまう。

いすに座って一休みしていると、見知らぬ男がお店に入ってきた。ネクタイを締め、スーツをぱりっと着込んだ男だ。

「すみません。お昼時が過ぎたら夕方まで閉店なんですけど」

「私、お客ではありません」

名刺を差し出した。ロボット株式会社、営業係長、大橋太郎と書いてある。

「ロボット株式会社？」

「はい、わが社では、仕事のお手伝いをするロボットを造っております」

「仕事のお手伝いをロボットができるのですか」

「できますとも、一度試してみませんか？　あなたの脳にある情報をそっくりロボットにインプットさせますから、あなたと同じ味の料理をいくらでも作れます。何といったって、働いても疲れませんし、文句も言いません。夜のうちに充電するだけです」

「でも、そのロボット高いでしょう」

「とりあえず一週間、無料サービスにしますから、試しに使ってみませんか」

仙吉じいさんは、先日から腰痛に悩んでいたこともあって、結局、一週間のお試しサービスを利用することにした。三日後、ロボット株式会社から大きな宅急便が送られてきた。

ロボットは、人間の形をした目の大きなぬいぐるみである。もう一度、大橋さんがきて、携帯用レーザー光線をおもむろに仙吉じいさんに照射した。

「これで、あなたのすべてをロボットのインプットしましたから、明日から命令どおり働きますよ」

お店の前に大きな張り紙が張られた。

「今日から最新鋭のロボットが私と同じ味の料理を作って差し上げます」

仙吉じいさんのお店では、ロボットが代わりに働いていると評判になり、ますますお店が繁盛した。ただ、〝みそラーメン一丁〟と、注文を受けると、間の抜けた声で、はーいと返事が返ってくる。命令通り毎度ありがとうございます。と、お金を受け取ることもできる。仙吉じいさんはロボットのおかげで、暇でたまらない。お店が終わった後、ロボットに充電するだけである。三カ月くらいたつと、お店の様子がなんだか変である。お店に活気が無くなった。お客さん同士の会話も少なくなった。心配になって、お客さんに、

「料理の味はどうだい、うまいかね」

「味はうまいが、仙吉じいさんの元気な声や、額に汗して料理を作る顔を見ないとね」

「やはり、そうかい。おれが心を込めて作る料理じゃないとね。おれも毎日ぶらぶらしているのに飽き飽きしたよ。明日から一生懸命に料理を作ることにするよ」

次の日、ロボット会社に電話をした。

「悪いが、ロボットを返品するよ。ロボットでは、おれの代わりは無理だということが分かったんだ。お客さんには、おれの手で作った料理じゃないと、心がこもっていないとね」

今日も毎度ありいーと大きな声が聞こえてくる。


（北日本新聞夕刊　H・20・10・2）

命びろいをした僕

僕は、かの有名な世界的喜劇俳優、チャップリンから四字名前を拝借した、一見ユーモラスで愛嬌のあるパグ犬である。現在、四歳と五カ月の雄だ。

岡野家の長男で、小学校四年生の健太君に毎日の世話をしてもらっている。

「チャップの様子がおかしいぞ！」

岡野家の当主、正雄お父さんの大声が玄関先に響いた。

「玉枝お母さん、早く見にきて！」

「あら、餌を残しているわ。それになかがふくれているわ」

くつろいでいた日曜日の夕方、岡野家ではそれから、てんやわんやの大騒ぎになった。

玉枝お母さんが、電話帳を広げて動物病院へ片っ端から電話をかけはじめた。

日曜日はどこもかしこも休診が多い。

「もしもし、腹がはれているので診ていただけないでしょうか」

やっと一カ所だけみつかった。

「遅くても夜の八時まで、病院へおこしください」

健太は明日、学校があるからと、正雄お父さんと玉枝お母さんが、僕を自動車に乗せて、黒部インターから富山へ向かって、高速道路を飛ばした。

「チャップが鳴かないわ。我慢しているのね。えらいわ。もうすぐよ」

やっと、西尾動物病院へ到着した。待ちかまえていた若い獣医さんが、

「さあ、どうぞ」

診察台の上に乗せられ、おなかに聴診器があてられ、手でおさえられた。

「これは尿路結石ですね。ぼうこうに石がたまったのですよ。これから緊急手術をいたしましょう」

麻酔注射を打たれたので、僕はそれからのことを何も覚えていない。後から聞いた玉枝お母さんの話によると、ぼうこうを取り出して、ざらざらの砂をきれいに洗い流したそうだ。

獣医さんは「もう少し気が付くのが遅く、病院にこなかったら命がなかったのですよ」と話したという。

僕はそれを聞き、命びろいをしたと思った。岡野家のみんなが命の恩人だ。この恩は忘れないよ。

入院期間の二週間、点滴で栄養を補給した。麻酔がきかなくなってくると、手術の傷口がひりひりと痛んできた。翌日、健太君と玉枝お母さんが面会にきてくれた。うれしさのあまり、力いっぱいしっぽを振ったら、傷口が痛んで飛びあがった。

少しずつ傷が良くなり、心の余裕がでてきた。周りを見渡すと、多くの仲間がいた。

「ペットもいろいろな病気をするものだなあ」

先生と正雄お父さんの会話が耳に入ってきた。最近は自動車事故のほかに、栄養の取り過ぎと運動不足による糖尿病が多いのだという。

僕はそれを聞いてびっくりした。退院したら、決まった食事以外に餌をねだるのをやめようと固く決心した。

二週間の入院期間が終わって退院の日がきた。昨夜はうれしくて、ほとんど眠れなかった。当日、岡野家のみんなが迎えにきてくれた。「お大事に」と、先生たちが玄関先まで見送ってくれた。

やはりわが家が一番いいなあ！　周りは静かで、自然がいっぱいだし、空気もうまい。あんな狭い病室じゃあ、息がつまってたまんない。

玉枝お母さんがあらためて、

「チャップ、退院おめでとう。命が助かって本当に良かったわ」

と言ってくれた。僕は話せないから、心からの感謝を込めて、玉枝お母さんに頭を思い切りすりつけた。


（北日本新聞夕刊　H・20・1・6）

命びろいをした僕

猿山の温泉

猿山に寒い寒い冬がやってきた。昨夜は猛吹雪となり、一夜にして山全体が真っ白になった。われわれはこの山一帯を縄張りとして暮らしている。約三十匹の群れのリーダーは、次郎吉猿だ。

冬は木の実が少なくなり、食べる物がなくなる。餌を求めて山の奥へ奥へと進んでいると、辺り一面に硫黄のにおいが立ち込めてきた。

「向こうに煙が上がっているぞ！　みんなおれについてこい」

「みんな早く集まれ！」

次郎吉猿のかけ声に、仲間が三三五五と集まってきた。

岩に囲まれた自然の洞窟から湯煙がもうもうと立ち上がっている。周りが雪で覆われているのに、洞窟だけに湯煙が立ち込め、こんこんとお湯があふれている。何事にも真っ先に興味を示す子猿たちが、お湯の熱さ加減を確かめだした。

次に次郎吉猿がおっかなびっくり足を湯に入れてみた。

「なんともないぞ！」

次郎吉猿は腰まで湯に浸してみた。

「大丈夫だぞ！」

安全を確認すると、みんなに入るよう合図した。三坪ほどの洞窟風呂がまるで芋の子を洗うような大騒ぎになった。

周囲の林が凍りついているのに、ここだけは別天地のようだ。みんなで心地よい感触を味わった。「そういえば…」。次郎吉猿は以前に古老の猿から聞いたことを思い出した。大けがをした時、奥山の洞窟へ行って湯あみをすると良くなると。

先日、われわれの間で一大事件が起きた。前リーダーの仙吉じい猿が木から木へ飛び移るときに手が滑り、地面にたたきつけられたのだ。

人間社会では「猿も木から落ちる」などと言うそうだが、仙吉じい猿も寄る年波には勝てず、運動神経が鈍っていた。腰を強く打ちつけて大けがをしてしまった。

仙吉じい猿をみんなでおぶって洞窟風呂へ連れて行った。

毎日、朝、昼、晩と三回、二十分ほど湯あみをすると一カ月で少し歩けるようになった。

さすがに温泉の効き目は抜群だ。

猿山では、この洞窟風呂がますます評判になり、「猿山の温泉」と名付けてみんなで温泉に入るようになった。毎日のことだから自然と入浴ルールが出来上がった。初めに老齢猿が入り、次に赤ちゃん猿、子猿が入り、最後に中年猿が入る。子猿たちに老齢猿をいたわり、敬う心を教えるためだ。

温泉で十分に体を温めたら岩場の下で、情報交換をする。人間様には悪いが、春になったら早速と、人里の野菜畑へ行く相談をした。人里のトウモロコシは、甘くてうまかったなあ。だけどあの爆竹の音にはびっくりしたなあ。今度はサツマイモを食べに行きたい。

冬の間は本当に木の実がない、残りわずかな木の実を分け合って生きていくしかないのだ。十分に食べないと体も温かくならない。だが、どんなに冷え込んだ日でも、「猿山の温泉」のおかげで体を温めることができる。幸せなことだ。「猿山の温泉」の発見は、今年最大の収穫だった。

春になれば、木々が芽ぶき、腹いっぱい食べることができる。

早く春がこないかなあ！

（北日本新聞夕刊　H・21・1・15）

いたずらモン太

いたずらモン太猿は、今日も船見山のふもとにある仙吉じいと民ばあちゃんの畑に来ていた。

「このスイカは、まだ青くさくてまずいなあ！　四、五日たったらまた来よう！」

夫婦が畑にやって来ると、一面にかじられた未熟なスイカが散らばっていた。

「あんた、もうすぐ食べごろのスイカがくちゃくちゃよ」

「また、あのはぐれ猿のモン太だよ」

猿は普通、群れで行動するのに、モン太はきかん気だけに一匹おおかみ。仙吉じいは自分の若いころの生き方と、ちょっと似たところがあると感じていた。

モン太がスイカを取れないように網をかぶせたことがあった。しかし、賢いモン太は、上手に網の下から手を入れてスイカを取り出し、甘い部分だけを食べて種と皮を捨てていった。

野菜畑全体を網で囲ったこともあった。モン太は出入り口を見つけ、わけなく開けてしまう。

夫婦はモン太との知恵比べに、ほとほとまいってしまった。

今度こそ最終的な決め手だ。

「こらしめのためのわなを掛けてみようか」

「それはかわいそうだからやめて」

「でもなあ、こんなに何回も荒らされてはかなわんよ」

次の朝、

「あんた、大変、大変、モン太がわなに掛かっているわ。逃げようとキイキイと鳴いているわ」

「大丈夫、ひどいけがをせんようにワイヤーを少し緩めて仕掛けたから」

仙吉じいさんは、わなに掛かったモン太を見ているとかわいそうになり、放してやることにした。

「モン太よ、山にいくらでも食べる物があるだろう。野菜畑を荒らしにきたらいかんよ」

モン太は、後ずさりしながら何度も何度も、手を合わせるしぐさをして山へ帰って行った。

その後、しばらくモン太は姿を見せなかった。どうしたのかと二人とも気に掛けていた。

一カ月ほどしてから、

「あんた、大変、大変、玄関先にキハダとマツタケが置いてあるわ」

「誰が置いていったんかなあ。袋にも入っていないし、山の泥が付いているぞ！」

仙吉じいさんはその時、胃を悪くしていた。キハダはミカン科の木で樹皮をせんじて飲むと、胃に良いと言われている。

近所の人たちに聞いてみたが、誰も心当たりがないと言う。そこで思いついたのは、あのいたずらモン太だ。

「でも、モン太がおれの胃の具合の悪いのが、どうして分かったのかなあ？」

「そりゃ分かるわ。せんじ薬のにおいが窓から畑に流れているもの。動物って鼻がいいのよ」

「せっかくだからキハダをせんじて飲むとしようか。きっと胃の調子が良くなるぞ。ばあさん、夕食は久しぶりにマツタケご飯にしてほしいなあ」

ぷーんと台所からマツタケの香りがしてきた。

その晩は、おいしいマツタケご飯の夕げとなった。

「うーむ、このマツタケご飯はうまいなあ」

「そりゃ、モン太のおわびの気持ちがこもっているもの」

「なあ、ばあさん。これからモン太を憎むのをやめよう。畑の作物も、少し分けてやることにしよう」

「そうね、これからはモン太とも仲良く生きていくことにしましょうね」


（北日本新聞夕刊　H・21・2・12）

グレースとムサシ

わたしはグレース、すてきな名前でしょう。

子猫の時、お母さんからはぐれてしまったの。あんまり小さかったので、お母さんの顔も覚えていないわ。

きっと、お母さんもわたしを一生懸命さがしたと思うわ。

おなかがすいて、上野家の庭にうずくまっているところを、上野家の玉枝お母さんが見つけ、かわいそうに思って、拾ってくれたの。寒さにふるえていたから、すぐにお風呂に入れてもらい、きれいにしてもらったわ。

「あら、女の子なのね。きれいになると、グレーの毛がふさふさしていて、とても器量よしだわ」

玉枝お母さんがうれしそうに抱きしめてくれた。

すぐに家族会議が開かれた。上野家では、いつも重大な問題がおきると家族会議が開かれることになっているの。正雄お父さん、玉枝お母さん、健太お兄ちゃん、幸代ちゃんの四人で、わたしの名前を相談してくれたわ。

「毛がグレー色だから、グレーがいい」

「グレーは言いにくいから、グレースよ。気品があって優美だわ」

「決定、グレース！」

幸代ちゃんの意見がとりいれられた。

このようにして、わたしの名前がつけられたの。わたしがニャーンと鳴くと、戸を開けてもらえる。台所でニャーンと鳴くと、おいしい餌があたる。まるでお姫様みたいだわ。

三カ月ほどたったころ、狩猟を趣味にしている正雄お父さんが、生まれて一カ月しかたっていないビーグル犬の「ムサシ」を連れてきた。「強い名前がいい」と言って正雄お父さんが名前も一人で決めてしまったわ。

しばらく、わたしと一緒に家の中で生活することになった。すぐに仲良くなったわ。昼寝も一緒だし、餌も分け合って食べていた。

ムサシは日増しにたくましく大きくなってきた。乱暴だし、何でも片っぱしからかむくせがある。お客さん用の座布団なんかぼろぼろになってしまった。

それから内緒だけど、誰にも分からないように足をあげて、ふすま戸におしっこしているのよ。ムサシはどうも何にでも自分の臭いをつけないと気がすまないみたい。

そんなことが原因で、ムサシはとうとう家の前にある納屋の土間に鎖でつながれることに

グレースとムサシ

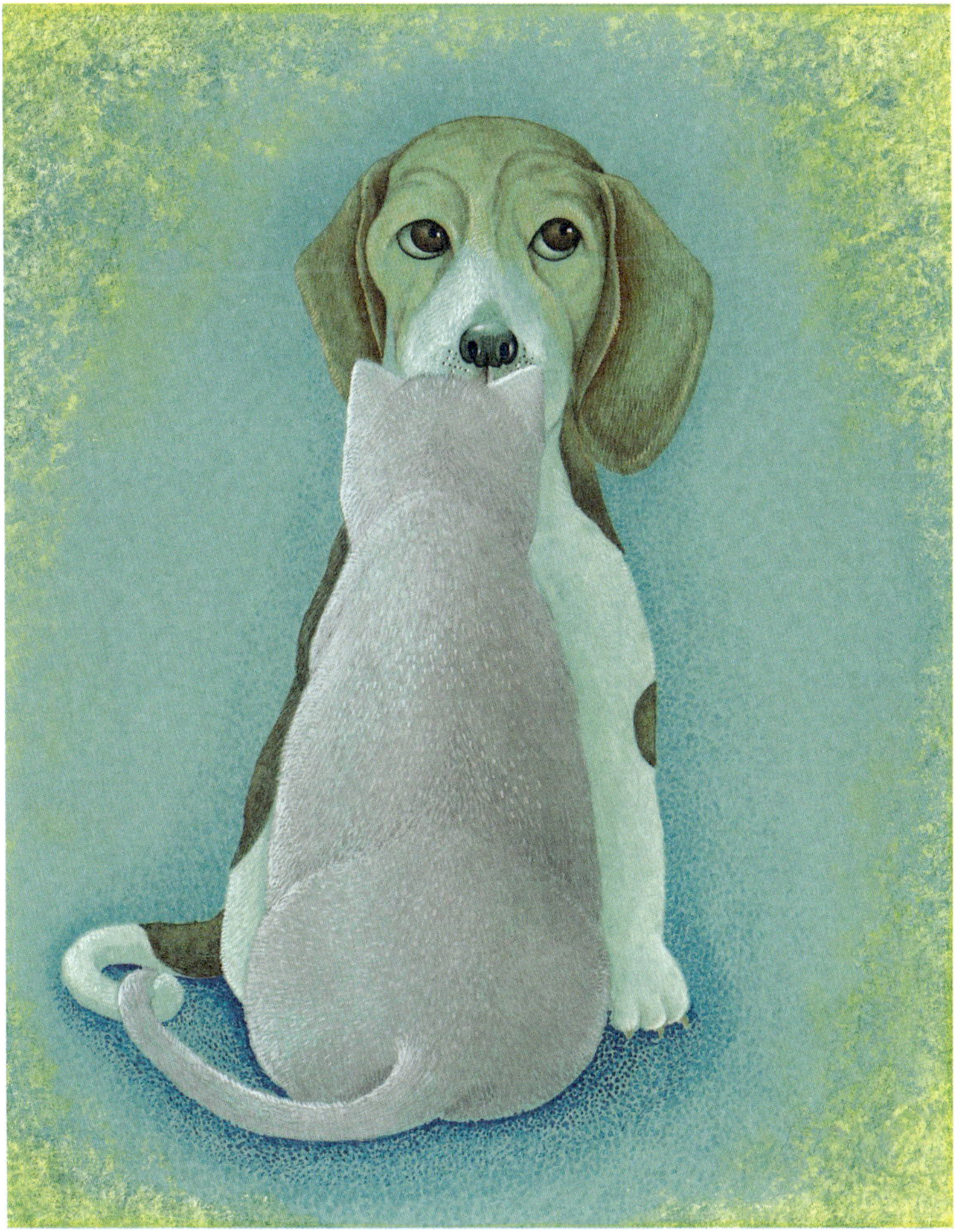

なったの。

　今までのように自由に動きまわれないものだから、私の顔を見るたびにほえ続けるのよ。自由に歩くわたしがうらやましいんだわ。かわいそうと、同情をしてみたけど、ムサシは室外犬だから仕方がないと思ったわ。

　この間、家族のみんなが親せきの法事に出かけて留守になったの。暗くなっても誰も帰ってこないの。ムサシはおなかがすいてつらそうな顔をしているわ。

「グレースちゃん、お願いだ！　何か食べる物を取ってきてくれないか」

　言葉を話さなくても、鳴き声で思いはすぐに分かった。

　わたしは気の毒に思って、台所にあったパンをくわえてきて、ムサシに渡したの。

「グレース、ありがとう。恩にきるよ。本当に腹が減って死にそうだったんだ」

　わたしもムサシの役に立つことができてうれしいわ。だって、隣の体の大きいドラ猫が侵入してくると、ムサシはすごいけんまくで追っぱらってくれるのだもの。天気の良い日は仲良くムサシの横で日なたぼっこをしているの。

　ムサシとわたしは、強い強い友情で結ばれているの。これからも助け合って、仲良く生活をしていくことにするわ。


（北日本新聞夕刊　H・21・4・9）

るもまかなた

ぼくには翔太という小学校1年生の弟がいる。勉強部屋も一緒だし、遊ぶのも一緒。ちなみにぼくは3年生だ。ぼくらはとても仲良しなのだけど、いつもけんかばかりしてしまう。

今日も翔太をいじめた。翔太がぼくの一番大切にしている飛行機のプラモデルのプロペラの部品をこわしてしまったのだ。

「翔太、それを元通りにして返せ」

引っぱりつけても返さないので、翔太のお尻を足でけったくった。そっとやったつもりなのに、翔太はおおげさに大きな声で、

「お母さん、兄ちゃんがぼくのお尻をけった」

泣きながら走って行った。

「なんで、弟を泣かせるの」

お母さんがこわい顔をしてぼくをにらみつけた。

翔太は、お母さんの後ろで、あっかんべえをして見せた。

「ひきょう者め！」

お母さんがいなければ「もう一度お尻をけってやる」と心の中でつぶやいた。

次の日、ぼくが学校から帰って宿題をしていると、翔太がぼくの肩をとんとんとたたいた。

「なんだよ、うるせいなあ、あっちへ行け」

と翔太をにらみつけると、

「るもまかなた、るもまかなた」

とぼくの顔をのぞきこんでくる。ぼくは何のことか分からないので、ぽかんとしていると、翔太がもう一度、

「るもまかなた」

とにこにこ笑いながら言う。

ぼくは翔太の言ったことを、ノートに書いてみた。

「るもまかなた、るもまかなた」

読んでみると何のことか分からない。

「るもま、るもま…」

なーんだ。ぼくの名前を反対から読んだだけじゃないか。

ぼくが考え込んでいる間、翔太は胸をはって両手を腰にあて、王様みたいにいばってい
る。

「るもまかなた」

とゆっくり考えながらぼくがいうと、翔太も、

「るもまかなた」

と早く大きな声でいばっていった。

ぼくはなんだかくやしくなって、

「るもまかなた、るもまかなた…」

と何回もいうと、翔太もまた、ぼくに負けないような大声をはりあげた。

「るもまかなた、るもまかなた…」

早口でいう。ぼくは今度はゆっくりと、

「た、う、よ、し、か、な、た。た、う、よ、し、か、な、た」

翔太もぼくの真似をして、

「た、う、よ、し、か、な、た。た、う、よ、し、か、な、た」

大声をはりあげた。

翔太の反対読みは止まらない。

「おさまかなた、おさまかなた」

夕御飯を食べながら、お父さんの顔をのぞき込んだ。

「何だ、わけのわからんことといって、早く食べなさい」

お父さんにしかられ、翔太はしゅんとしてしまった。ちょっとかわいそうになって、ぼくは助け舟を出すことにした。

「こすやかなた、こすやかなた」

お母さんは、僕たちを見て
「この子たちはわけの分からんことをいって、どうしたの」

と言わんばかりに不思議そうな顔をした。

ぼくは紙にお母さんの名前を書き、後ろから指さした。

お母さんは笑いだした。

お父さんも笑いだした。


（北日本新聞夕刊　H・21・6・4）

ミケの探検

朝の田中家の食卓は、活気がある。

この家の主人、正雄お父さんの第一声から一日がはじまる。

「ミケ、お早う。元気かい」

「ニャーン」

わたしも返事をすることにしている。

わたしの朝食は、キャット・フードである。

夕食には、正雄お父さん、恵美お母さん、健太兄ちゃんが、それぞれ好物の刺身などを口に入れてくれるんだ。それほど、わたしが可愛がられているんだ。

三人があわただしく職場へ出かけたのち、わたしが一人で留守番することになるの。

いっぺんに家全体が静かになり、さびしくなってしまうわ。昔の家は、ネズミがいっぱいいたから〝ネズミとり〟がとても、大切なわたしたちの仕事の一つだったそうだ。

今ではネズミは、田んぼへ行かないといないんだ。この間、恵美お母さんにプレゼントに

と思い、ネズミとりに初めて外に出た。

田んぼのあぜに半日もがんばって、やっとネズミを一匹とらえてきて、見せびらかすために、台所に並べておいた。

「あら！　大きなネズミ！」

「ミケでもネズミをとらえられるの？」

ほめてくれた。今日も、

「ミケ、お利口にしているのよ。お留守番頼んだわね」

と、わたしの頭をなでて、恵美お母さんは急いで勤め先へ行ってしまった。

「わたしは、この世に生まれて六カ月、さびしくなんかないぞ。どこだって一人で行けるんだから」

わたしは一階の各部屋を見回ってから、二階の各部屋を探検することにした。

「あゝ、縁側の端に動くものが、誰だ！」

しのび足で近づくと、少し開いた窓から吹き込む風にカーテンがゆれているだけだ。

「エイ、ジャンプ、どんなもんよ。わたしだって、こんなに高く飛べるの」

わたしは得意になって、少し開いた窓から外に飛び出した。外はすっかり春の陽気だ。

「お日様はなんて暖かいのかしら、とっても気持ちが良いわ」

家の中で飼われているわたしは、二回目の外の世界がすっかり気に入った。土手に出ると、春の太陽を独り占めにしようと、タンポポが黄色の花を身体いっぱい開いて、押しくらまんじゅうをしている。横の方へ押しやられたスミレは、ちょっと困ったようにうつむき、菜の花の上をモンシロチョウが、ひらひらと飛んでいる。

「やあ、ミケちゃん、今日は良い天気だね」

花やチョウチョウが、あいさつをしてくれるのでうれしくなった。しばらくすると、誰かが自分の後をつけてきているような気がして、ふと横を見た。川面にわたしにそっくりの、もう一匹のわたしが映っている。

手をあげると、向こうも手をあげる。顔をなでると、向こうもなでる。なかなか面白い。わたしが走ると、向こうも走る。一緒になって走ってみた。しばらくすると、二人のミケ遊びも飽きてしまった。

もう少し遠くへ遠征しようと。

隣の家の近くまで行った。隣に、わたしと同じ仲間の白色の、かっこいいお坊ちゃん猫が居るのを前から知っていた。わたしは白くんと呼んでいるんだ。時々、ブロック塀の上で、気持ちよさそうに日向ぼっこをしているのを、ガラス戸ごしに見ていた。

「今日は家から出てこないのかしら。デートに誘ってくれないかしら」

大声でニャアオー鳴いてみたら、塀の上にあがってきたわ。

わたしに少し気があるのかしらと、思っていたら、どうも白くんは、警戒心が強く、近くへ寄ってこないんだ。

それなら、他の猫くんとデートしてみようかしら。

また日をおいて、わたしのチャーミングぶりをアピールしたら、好きになってくれるかしら。

今日の探検は、これ位にして家へ帰ろうと。本日は大きな収穫がたくさんあった。

一つ目は、川面に映る自分遊びが面白かったこと。

二つ目は、お隣の白ちゃんに会えたこと。

なんだかこの二つで、わたしの心が幸せいっぱいになってしまった。

今夜は、楽しい夢を見ながら、ぐっすり眠りにつくことができそうだ。


（H・23・7・19）

ポテトチップ

「守、この回覧板を、隣の山田さんへ持って行ってちょうだい」

玉枝お母さんから言いつけられた。ぼくは、三年生全員で担当している、校庭の掃除が終わり、学校から帰ったばかりである。

そして、おやつに大好きな〝ポテトチップ〟を、食べようとしているやさきだった。先日も油断をしていたら、保育所へ行っている弟の将太に、おやつを食べられてしまった。今日も取られたら困ると思って、テーブルの下にかくしておいた。

「あら、テーブルの下に、〝ポテトチップ〟がおいてある。兄ちゃんのかなあ」

「兄ちゃんのを食べると、怒るだろうなあ」

「ええい、食べてしまえ」

「うめいなあ、自分のあたり分より、兄ちゃんのが、よけいにうまいなあ」

ぼくが急いで帰ってみると、〝ポテトチップ〟がない。

どこを捜しても見付からない。

「おおい将太、出てこい。隠れていてもだめだぞ」

家じゅうを捜してみた。将太の隠れそうな所は押入れしかない。押入れの戸を引っぱってみるがあかない。

中からごそごそと音がする。

「翔太みつけたぞ！　君はすでに包囲されている。いさぎよく降伏をして出てきなさい」

将太は両手をあげ、からっぽになった袋をぶらさげて、情のない顔をして出てきた。

ぼくはその顔を見て、思わず吹き出してしまった。

そのあわれな顔を、正雄お父さんや玉枝お母さんにも見せたいと思った。

「翔太、ぼくの〝ポテトチップ〟を食べたろ」

「兄ちゃん、すんません。つい食べてしもたが」

「自分の分とぼくの分と、二人分も食べるのは許せんわい」

「ごめん、今度、兄ちゃんの分、返すちゃ」

「仕方ないわ。そんなら許してやる」

「お母さん、翔太がまたぼくのおやつを食べてしもたわ」

「翔太、こっちへいらっしゃい」

将太は小さくなって、えらく神妙な顔をしている。

「困った将太やね。兄ちゃんの分まで食べたらだめやろ」

「うん、これから悪いことせんから、かんにんして」

「お母さんと二度とせんと、約束をしたから、ごほうびに今日は特別に二人に〝カッパエビセン〟をあげるわ」

「兄ちゃん、この〝カッパエビセン〟おいしいね」

「兄ちゃんと仲良く食べると、一人で食べるよりも、うんとうまいね」

「あたりまえや、おそるおそる他人の分まで食べても、おいしい訳ないやろ」


「ただいま、帰ったぞ、守、翔太、これ横浜のお土産〝中華まん〟だ。夕食に食べよう」

正雄お父さんは、横浜へ出張に行っていたのだ。この夜の晩さんは、皆で〝中華まん〟を食べた。そして、ひとしきり〝おやつ〟のことが話題になった。

お父さんが、目を輝かせて言い放った。

子供の頃のおやつは、〝おこげのおにぎり〟だった。

あのこげた御飯で作ったおにぎりの味は、忘れられないなあ。腹を減らして、学校から帰ると、おばあちゃんが作ってくれた。塩を付けてにぎるのと、味噌を付ける場合があった。どちらも味わいがあった。

秋になって、〝さつまいも〟がとれる頃になると、〝さつまいも〟がふかしてあった。学校から帰って、鍋のふたを開けると、〝さつまいも〟の匂いがぷーんとした。

おいしいのは、栗の実みたいな味がした。

お父さんもお母さんも、子供の頃を思い出して懐かしがっている。

「守、翔太、お前たちは恵まれているのだよ。今はおやつ何でもいっぱいあるから」

守も将太もその晩〝ポテトチップ〟と〝中華まん〟を腹いっぱい食べた夢をみた。

将太……ぼくはもう食べれない……兄ちゃんたべて……。

守……ぼくも食べれない。将太、お前食べろよ……。


（四季　H・23・8・30）

仙吉じいちゃんとリハビリ

仙吉じいちゃんは、この四月でめでたく古希を迎えた。先日、奈良の吉野山へ仲の良いグループと花見に出かけた。

少し無理をして歩き過ぎたのが原因で、左足ひざの関節が痛くなってきた。

シップ薬を貼ったり、近くの温泉でもみほぐしたり、色々と試みた。だが一向によくならない。夕食の時、足を引きずるじいちゃんを見て、ぼくは心配になって、

「ねえ、おじいちゃん、一度、病院へ行って診察してもらったら」

おばあちゃん、お父さん、お母さんも、いっせいにその方が良いと賛成してくれた。

「ぼく、冬休みだから一緒について行ってあげるよ」

「そうだなあ健太が、付き添いだと心丈夫だ。健太も六年生になると、しっかりして役に立つからなあ。そうと決めたら、早い方が良い。来週の月曜日に行くことにしよう」

ぼくはじいちゃんと、町立総合病院の整形外科の待合室に座っていた。休み明けの病院は、大勢の患者でごったがえしている。

足を引きずったお年寄りが多いのに驚いた。

一時間程たっても、呼び出しがなく、待ちくたびれてしまった。

ぼくが大きなあくびをした時、若い看護師さんに告げられた。

「大野仙吉さん。どうぞお入り下さい」

ぼくも一緒に診察室に入れてもらった。

背が高くて、かんろくのある先生である。

「まず、レントゲンとＭＲＩの検査をしましょう」

何枚もレントゲン写真を撮られた。検査が終わって、しばらくすると再び呼び出された。

先生はいわれた。

「七十年も足を使うと、足だってくたびれますよ。ひざの軟骨がすり減って、それで歩くたびに痛みがくるのですよ。

とりあえず、一週間に一回打つ注射をします。軟骨がずい分すり減っていますから、最悪の場合、〝人工ひざ関節置換術〟という手術がありますから考えてみて下さい。

私の病院で八十歳の方が、この手術をされて、ハワイ旅行を楽しんでこられましたよ」

その後、一カ月に渡って注射を打ってもらった。だが一向に痛みが取れない。

そこで、仙吉じいちゃんは一大決心をした。

人工ひざ関節置換術の手術をしてもらうことにした。簡単に言えば、人工関節を代わりに挿入することである。人の入れ歯と同じ理くつである。


そこで、仙吉じいちゃんは、三時間にも及ぶ大手術を行った。

三日目から、リハビリの先生がこられた。

ベッドに座ったまま、手術をした左足を少しだけ曲げる軽い訓練が開始された。

四日目から車椅子でリハビリ室へ行き、左足を曲げる訓練に入った。自分の力でせいいっぱい曲げてみるが、痛くて曲がらない。

先生が手を添えて、ぎゅっと曲げるようにするから、痛くて額から脂汗がにじみ出る。

思わず仙吉じいちゃんがうなった。

「イタアタアー」

声が、リハビリ室中に響き渡った。

毎日、イタアタアーをがんばり通し、なんとか一四〇度まで曲がるようになった。

リハビリ棟で四週間もがんばり、目でたく退院の日を迎えた。

退院日が土曜日だったので、家族全員で迎えに行った。

気の早い仙吉じいちゃんは、もう荷物をまとめて帰る準備が終わっていた。

ぼくの顔を見ると、

「おゝ、健太、よう迎えにきてくれた」

仙吉じいちゃんは、満面の笑顔をしている。

その夜、夕食は盛大な快気祝いの宴となった。じいちゃんが、しみじみと、

「健太の顔を見ると、元気が出てリハビリにはげめたんだよ」

その後、自宅では、じいちゃんは手すりにつかまって、足を曲げる運動が日課となった。

お風呂に入って曲げると楽に曲がる。

「ぼく、じいちゃんと一緒に、お風呂に入って、掛声をかけてあげるよ」

一、二、三、一、二、三、と曲げる訓練をしばらく続けた。
じいちゃんが、おもむろに、

「健太、じいちゃんの足がよくなったら、家族そろって温泉へ行こうか？」

お母さんが、すかさず、

「四月に入ったら、お花見をかねて、皆で行きましょうよ」

早く暖かな春がこないかなあ。


（H・24・10・27）

太吉じいちゃんと自転車

健太は太吉じいちゃんから、自転車の思い出話を聞かせてもらった。

今から六十六年が過ぎるが、日本はアメリカと無ぼうな太平洋戦争を行い、負けてしまった。太吉じいちゃんが、小学校二年生の八月のことである。戦争に負けてから、しばらく自転車を造る製造会社は、復興に時間がかかり、造れなかった。だから、子供用自転車など、どこを捜しても見付からなかった。

仕方がないから、子供たちは知恵を働かせて、大人用自転車を器用に横乗りしていた。身長が低く、足が地面に届かないから、横乗りしていたのである。それでも太吉じいちゃんのお父さんが、自転車店を捜し回って、やっと中古の子供用自転車を、見付けてきてくれた。

村では、子供用自転車を持っているのは、太吉じいちゃんしかいなく、得意になって乗り回したそうだ。友だちが乗せてくれと、しつこく頼むのを断れなかった。

そこで太吉じいちゃんが考えた。

「ぼくとじゃんけんをして、ぼくに勝ったら乗せてあげるよ」

太吉じいちゃんが負けた。

「グラウンド一周だけ乗せてあげる」

太吉じいちゃんは、いじ悪をしてみたくなった。

「今日は、これで自転車乗りは終わりだ」

仲間たちは不満そうに、

「おれは一回も乗っていないんだぜ」

太吉じいちゃんは、口をとがらせて、

「駄目だ！　明日また乗せてあげるよ」

「太吉君のけちん坊！」

「何だと！　もう一度いってみろ。二度と乗せてやらんぞ」

太吉じいちゃんは後悔をした。

友だちには少し位、乗せてあげなくてはと思い、心は晴れなかった。

おれって何て、いじ悪な性格だろうか。家へ帰っても、あまり気持ちがよくなかった。

明日は皆に心良く、乗せてあげようと思うと、やっと心が落ち着いてきた。

朝起きると、自転車乗りにもってこいの日和になった。

「おゝい、皆乗って、今日は順番に乗せてあげるよ」

「太吉君、本当かい？　今日はえらく気前が良いのだね」

「当たり前だ。ぼくだってたまには皆を喜ばせなくてはなあ」

「それでは、六人居るから独りグラウンドを二周ずつだ。一番目は良太君、二番目は良子ちゃん、三番目は義則君だ」

友だちは、満面の笑顔で二周ずつ乗ることができた。

仲間が太吉の周りに集まってきた。

「太吉君、今日は有難う。明日も学校が終わったら乗せてくれないか？」

「あゝいいよ」

家へ帰ると、お母さんが、

「太吉、友だちに乗せてあげたの？」

「あゝ、乗せてあげたよ。皆うれしそうだった」

「それは良かったね。誰も自転車を持っていないのだから、乗せてあげなくちゃね」

「あゝ、ぼくはいじ悪しないと、こんなに気持ちがいいものとは知らなかった。皆の喜ぶ顔を見ると、乗せてあげたくなるわ」

太吉は、いいことが頭に浮かんだ。

「なあ皆、自転車に乗るのが上手になった。ただ、乗っているだけでは、能がない」

担任の川田先生から、ストップウォッチを借りてこよう。

義則君が、

「タイム競争かい？」

「そうだ、皆でグラウンド一周、何十秒かかるか競争しよう」

太吉は、職員室へ一目散に走って行った。

「川田先生、ストップウォッチを貸して下さい」

先生がけげんな顔をして、

「何に使うのかね？」

太吉じいちゃんは、胸をはった。

「自転車競争をするんです」

川田先生は、目を丸くして、

「面白そうだね。後で見学に行くよ」

太吉が叫んだ。

「おゝい、集まれ！　自転車競争大会だ」

よーいどん、太吉君がんばれ！　さすがに速いなあ、次は義則君だ。

太吉じいちゃんは、昔、自転車に乗ったことを思い出して、懐かしそうに目を細めた。

ぼくは、じいちゃんが、友だちと自転車遊びをした事を、六十六年もたつのに忘れられないのだと思うと、胸がいっぱいになった。


（H・23・12・22）

とうもろこしとチョコレート

三年生の担当している、体育館の掃除が長引いた。その上、体育館裏の草むしりもさせられた。ぼくは腹ぺこになって、学校から帰ってきた。

「お母さん、おやつちょうだい」

「守は、お母さんの顔さえ見れば、おやつちょうだいなのね。宿題が終わったら、おやつをあげるわ」

今日は、おやつの用意が何もしていない。

お母さんは、あわてて畑へ出かけ、新鮮な〝とうもろこし〟を取ってきた。

今日、ぼくは帰りが遅くなったので、保育所へ行っている弟の将太と一緒に、おやつを食べることになった。弟の将太とガスコンロの前で、まだかなあ、まだかなあと言いながら、ゆであがるのを待っていた。

時々、ふたを開けて、ゆであがったか調べていたら、お母さんに、

「あっちへ行ってらっしゃい」

と、しかられた。しかたがなくテレビのある部屋で待っていた。しばらくして、

「ゆであがったよ。けんかせんと仲良く食べなさい」

ぼくのと将太のをくらべてみると、弟の方が少し大きかった。

「将太、ぼくのと交換して」

ぼくのと取り替えて、押入れに隠れてたべてしまった。食べ終わって、押入れから出て行くと、将太が、

「ぼくのを返して」

「じゃあ、将太の持っている〝とうもろこし〟をぼくにくれるのか？」

弟が持っていた〝とうもろこし〟を、ぼくにくれた。

将太が両手を広げて、

「あの大きい〝とうもろこし〟を返して」

「あれ、もう食べてしもたよ」

「じゃあ、さっきの返して」

「あれ、ぼくにくれると言うたにか」

「兄ちゃんのうそつき、ひきょうじゃ」

ぼくは、もう将太の〝とうもろこし〟を食べてしまっていた。

将太が泣き叫んで、お母さんの方へ、走って行った。お母さんは、目をつり上げて、ぼくをにらみ付けた。

「また、将太のがを取ったがけ？」

お母さんは、将太の頭をなでながら、後でもっとおいしい〝栗まんじゅう〟をあげるからと、なぐさめている。

ぼくは、ちょっと後悔した。たかが、〝どうもろこし〟一本のことで、栗まんじゅうを食べそこなった。栗まんじゅうの方が、余程うめいやと思った。

弟に本当に悪い事をしてしまった。いやな気持でいっぱいになった。

そんな思いをしている所に、

「ごめん下さい。これ一つ食べて下さい」

本家のおばさんが、ハワイ旅行のお土産だと言って、〝チョコレート〟をくださった。

「守、将太こちらへいらっしゃい」

お母さんから、チョコレートを一つずつもらった。

「将太、さっきは〝どうもろこし〟を取って悪かった。おわびにこの〝チョコレート〟をあげるよ」

「兄ちゃん、本当？　今度は、えらいやさしいね」

「あたり前じゃ。たまには兄ちゃんらしい事をせんと、兄貴と言えんから」

将太がお母さんの所へ飛んで行った。

「お母さん、兄ちゃんがぼくに〝チョコレート〟をくれたわ」

お母さんは、目を丸くして、

「ふーん、びっくりしたわ。守もたまには兄ちゃんらしい事をするのね。えらいわ。それでこそ兄ちゃんと言えるわね」

「兄ちゃん、ハワイのチョコレートて、特別においしいね。これ、何て書いてあるの？」

「メイドイン・ハワイ・ユウ・エス・エイだよ」

「そうなんだ。兄ちゃん英語読めるんだ」

「あたり前だよ。こんな簡単なものを読めなくては、英語塾へ行っている意味ないよ」

「お母さんの半分、守にあげるね」

「お母さん、いいよ。お母さん食べて」

「兄ちゃん、二人で仲良く食べるとおいしいね」

お母さんは、兄弟が仲良く分け合って、食べている様子をじっと見つめていた。

そのお母さんのとても満足した笑顔が、この上もなくまぶしく見えた。


（H・24・2・8）

しょうたれチャップ

　ぼくのなまえはチャップである。かおがユーモラスなので、せかいてきに有名なきげきはいゆうのチャップリン様から、おそれおおくも借用した。

　中国げんさんのパグ犬、雄の二歳である。

　ぼくは雨のふる日も、風のふく日も、どんなに天こうが悪くても、正夫お父さんのおともをして、町内を

一回りするのが、日課になっている。正夫お父さんは、町内会長として、街灯が切れていないか、ゴミステーションのゴミが、きちんとされているか点検をかねている。

ぼくの住んでいる所は、純農村地帯で自然がまだまだいっぱい残っている。田んぼや畑、小川、なだらかな土手などがあり、起伏にとんでいて散歩にもってこいの場所である。

土手には桜の木が植えてあり、桜の名所になっている。

ぼくは自まんするわけではないが、血統書つきの犬だから、遠くは祖先から純すいな血が流れている。生まれつき気が小さくて、おくびょうな血も流れている。せまい小川もうまくとべない。階段の上り下りも苦手なんだ。

そこで、一週間まえから玉枝お母さんの、特別訓れんがはじまった。略して、〝特訓〟といっている。

「チャップ、今日も特訓よ。はあーい、上って、下りて」

そのたびに美味しい〝えさ〟がもらえる。

えさがほしい一心で、やっと階段の上り下りができるようになった。

ぼくはどちらかというと、からだ全体の割に足が短い。だから階段や跳ぶことが苦手なんだ。

そんなことから、ぼくのあだ名が〝しょうたれチャップ〟になってしまった。

この地方では〝しょうたれ〟とは、いくじのないこと、弱虫のことをいっている。

それから、気が小さいので、知らない人がきてもほえないことにしている。正夫お父さんや玉枝お母さんが、そばにいる時だけほえることにしている。つまり「虎の威を借る狐」ということだ。

「ねえ、ねえ、お父さん、チャップときたら、お客さんがおいでになっても、いびきをかいて寝ているのよ。あれではまったく番犬にならないわ」

「いいじゃないか、チャップの顔を見るだけでいやされるのだから」

散歩をしていると、恐そうな大きな犬に出会ったりする。そんな時、ぼくは体がふるえて、思わずあとずさりをする。

それでは、ぼくのプライドが許さないから、正夫お父さんのうしろについて、さっと通り過ぎることにしている。ぼくは自まんのおぼちゃま犬だが、体が弱いのも悩みの一つだ。

その点、雑種犬はたくましいよな。

先日、どれだけ足を上げてみても、おしっこが出なくなった。お腹の方がぱんぱんにはれてきた。

正夫お父さんがさけんだ。

「おおい、玉枝お母さん、チャップのおしっこが出ないぞ！」

大急ぎで動物病院へつれて行かれた。二年前にも人間なみに〝尿路結石〟の大手術をしたばかりだ。やはり、ぼくの体質は結石になりやすいようだ。簡単にいうと、ぼうこうに小さな石の結晶がたまる病気なんだ。

だからぼくは、石のたまらない特別のえさを食べている。このえさは、近くのコメリ店やカーマ店には売っていない。わざわざ東京のペットショップから宅配便で送ってもらっている。

玉枝お母さんの口ぐせは、

「チャップは幸せ者よ。私たちのコシヒカリの御飯より、もっと高価なえさを食べれるなんて」

動物病院へ行くと、ぼくみたいな仲間が大勢きている。腹をこわしたり、けがをしたりと色々だ。一番おどろいたのは、われわれペット仲間にも、カロリーの取りすぎと、運動不足から糖尿病になる犬、猫がいることだ。

いよいよ人間社会から、ペット社会まで糖尿病が進出したのだ。これはペット社会での大問題である。

じゅう医さんから、このお話を聞いてから、玉枝お母さんは、げん重にえさをハカリで計ってくれるんだ。だからいつも腹八分目、お腹がすいた感じだ。つまりカロリー制限というやつだ。ぼくは弱虫で、番犬の役割をしていない。しかし愛きょうは人一倍ある。ユーモラスな顔で、田中家のみんなに、いやし系百パーセントの大サービスをしている。今日も、「チャップお早う。ごきげんいかが？」から一日がはじまる。ぼくは幸せいっぱいだ。

（H・24・3・22）

守と宿題

窓から涼しい風が流れてきて、カーテンがゆらゆらとゆれている。

ミン、ミン、ミン、夕蝉の鳴き声がえらくうるさいなあ。ぼくは目が覚めた。

どのくらい眠ったのかなあ。

隣りの部屋から、ママとおばあちゃんの声がする。今日は日曜日か。道理でママがいる。

「先日、三年生の父兄懇談会があったのだけど、担任の杉谷先生がおっしゃるには、守は宿題のことを忘れて、遊びほうけておられます。三年生になるのに、勉強の習慣がついていませんね。と、注意されたわ」

ぼくは、戸のすき間からのぞいて見た。

ママがこわい顔をしている。

「私、もっと守に目をそそがないから、仕事にかまけて駄目ね」

ママがきつい声で、

「お母さん、守をあまやかさせないで欲しいわ。もっときびしく勉強の習慣だけは、つけさせてちょうだい。机に座るだけでもいいから。守の机に座った所、一度も見たことがないもの」

おばあちゃんは、困った顔をしている。

「そりゃ分かっていますよ。でもね、子供には思い切り遊ばせることも大切だと思うわ」

ママは思いつめた顔で、

「小学生の時に、勉強をする習慣がつかないと、後々困りますからね」

おばあちゃんが、言った。

「同じクラスの洋子ちゃんから、聞いたのだけど、守はクラスで〝虫博士〟と言われているそうよ。虫の名前とか、虫のことなら何でも知っているんだって。将来、昆虫学者になれるかも知れないわ」

「お母さん、いいかげんな事を言わないで下さい。そう簡単に昆虫学者には、なれませんよ」

洋子ちゃんの言う通り、ぼくは今一番、興味を持っているのは、昆虫のことである。

この間、たい肥の下にいたダンゴ虫を、たくさんナイロン袋に入れて、おばあちゃんの目の前につきつけたら、びっくりして跳び上がった。

「まあ、気持ちが悪いわ」

ぼくには、ダンゴ虫が気持ちが悪いなんて、とうてい考えられないけどなあ。

ぼくは何時ものように、そっと家を抜け出して、外へ遊びに行こうとした。タイミングが悪かった。

「守、待ちなさい。ここに座ってちょうだい。杉谷先生から注意されたわ。時々、宿題を忘れて行くそうね」

ぼくは困ってしまった。

「そんな事はないよ。たまには、ぼくだって忘れる事はあるけど」

おばあちゃんが、やんわりと助け船を出してくれた。

「これからは、宿題をしてから遊びに行くことにしたらいいよ」

ぼくは、大きく胸をはった。

「ママもおばあちゃんも安心して、学校から帰ったら一番に宿題をするからね」

ママは、大きく目を輝かせて、

「守、本当ね。ママと約束をしてちょうだい」

ぼくは、一大決心をした。

「一に宿題、二に宿題、終わったら思い切り遊ぶことにする」

ぼくは学校から帰ると、直ぐに机の前に座ることにした。机に座ると、宿題よりもマンガの本が読みたくなる。マンガの本を読んでから、宿題をしようとすると、ついついマンガの本に夢中になって、宿題が後回しになる。

マンガの本に読みあきると、外で友だちと遊びたくなる。この意志の弱さが、ぼくの一番の欠点である。

宿題が半分ほど終わった所へ、本家の実ちゃんが遊びに行こうと誘いにきた。実ちゃんの家で、ファミコンゲームをたっぷりしてから自宅へ帰った。

ぼくは遊び疲れて、机の前に座った途端に眠くなった。ぼくは変な夢を見た。

杉谷先生の顔が大きく目の前にある。

「守君、宿題を出しなさい」

ぼくは頭が真白になった。体にじわっと汗がにじんでくる。目が覚めた。何だ夢だったのか。夢とは不思議なものだと思った。

何時も頭にある事が、出てくるらしい。この次に見る夢は、先生に誉められている夢を見てみたい。今晩も、パパ、ママ、おばあちゃんと楽しい夕食が終わった。

ママがひときわやさしい声で、

「守、今日の宿題は、もうすんだの？」

「ママ、言われなくても宿題はするから」

今日の夢の事は、内緒にしとかなくちゃ。

（H・24）

金のなる木

仙吉じいさんの趣味の一つに、〝金のなる木〟に立派な花を咲かせることがある。

ぴんく色のかれんな花を、いっぱい付ける姿は、美しくゆう美である。

仙吉じいさんは、T市役所を定年退職をしてから、もう十五年が過ぎた。

晴れた日には畑を耕し、雨の日は読書を楽しみ、自由気ままな日々を過ごしている。

民ばあちゃんが感心しきった顔で、

「あなた、こんなに暑いのに、本当に精が出ますね」

春から夏にかけて、金のなる木にたっぷりと肥料をあたえ、太陽をあてて、毎日、十分な水やりを欠かさない。

そうすると、茎が太くなり、葉は水を含んでぶ厚く、丸っこい感じで、厚みと光沢が、お金を連想させるから、金のなる木と名前がついた。

民ばあちゃんは、じいさんの熱心さに、あきれたような顔つきで、

「ねえ、あなた、どうして〝金のなる木〟をそんなに大切になさるの？」

「うーん、おれにもよく分からんよ。ただ、人間が生活をするには、お金が無くてはどうしようもない位、大切なものだ。名前が〝金のなる木〟だから、大事なお金と〝金のなる木〟を重ね合わせて、強く愛着を感じる訳と、お金を少し欲しいと思う、さもしい気持ちがあるね」

「人間はなあ、欲の深いものである。お金は貯めても、貯めてもきりがないものである。しかし、おれには中々お金が思うように貯まらない。だから、せめて〝金のなる木〟を眺めて、心をなぐさめているのよ」

それから仙吉じいさんの庭には、〝クロガネモチの木〟も植えてある。

昔からクロガネモチを植えると、お金が貯まると聞いている。

ジュウリョウ、ヒャクリョウ、センリョウ、マンリョウも植えてある。

「ねえ、あなた、私が思うには、お金を山ほど貯めただけでは意味がないわ。お金を生かして使ってこそ、価値があると思うのよ」

「そうだなあ。おれも近頃、昔よりお金に執着心が無くなった。先へ近づいたのかも知れん。あの世へは、一円も持って行けんしなあ」

「あなた、縁起でもないことを言わないで下さい。お棺にはたくさんお金を入れてあげますわ。安心して！」

金のなる木

「何を言っとるか。死んだら何も分からんよ」

「そんな事ないわよ。昔から〝地獄の沙汰も金次第〟と言うじゃないの。〝三途の川〟を渡るには、お金も必要なのよ」

「それはそうと、私たちの小学校の跡地に、特別養護老人ホームの建設の話があるの知っている？」

「あゝ、知っているよ。おれたちの町も高齢化が進んでいるよな。どこを見ても老人ばかりだ。大体、今の若い人たちは、結婚と言うものを真剣に考えないのかなあ。

結婚しなくちゃ当然、子供は生まれないよ。

国の少子化対策も一生懸命やっているけれど、やはり当事者の若い男女が、がんばってたくさん子供を生んで、人口を増やし、日本の未来を明るくして欲しいなあ。

その事を思うと、おれは安心してあの世へ行けやしないよ」

「そうね、私たちの周りは、四十歳過ぎの独身男性ばかり目立って、情けなく思うわ」

「それはそうと、おれか、お前か、どちらかが欠けたら、老人ホームのお世話になるしかないね」

「そうですね。その老人ホームの建設資金が、どうしてもあと、一億円が足りなくて困っているらしいわ。

あなた、資金の提供を申し出なさいよ。子供たちは、りっぱに生活をしているし、こんな不便な田舎には帰ってきませんよ」

「そうだな、なまじっかお金を残して、それを当てにされるより、何も無い方がすっきりして良いなあ」

「それでね、資金提供の条件を一つだけ付けてくれない。私たちが希望すれば、優先的に入所が出きること。どこの老人ホームも順番待ちらしいわ」

「当たり前だよ。おれたちがすぐに入所できなくては、資金提供の意味がないよ。それでは、ぽっくりとあの世へ行けない時のために、万全の準備とするか」

「ねえ、あなた、これで安心ね。私も先の心配事が一つ減った思いよ。うれしいわ」

（H・24・4・24）

むじなの火あぶり

正雄お父さんは、子どもの頃に聞いた多くの昔話を思い出していた。

冬は早く日が暮れて、夜が長い。早々と夕食をすませた、手持ちぶさただった。

「民ばあちゃん、昔話を聞かせて」

「それじゃ、一つ語るとするか」

民ばあちゃんは、熱が入ってくると、身振り手振りを混ぜて、面白おかしく語ってくれた。ちなみに民ばあちゃんは、若い頃、小学校の先生をしていただけに、話し振りは、誰にも負けないくらい堂に入ったもので、上手だった。

昔は、テレビという物がなかったし、塾通いもなかった。学校から帰ると、昼は野山をかけめぐり、夜は昔話を聞くのが楽しみの一つだった。昔は今と比べて娯楽が少なかった。正雄お父さんは、妹たちと目を輝かせて聞き入っていた。そのお話の一つに〝むじなの火あぶり〟があった。

「昔々、村はずれに大きな林があったとさ。昼間さ、うす暗く恐かったとさ。

その林さ、村人を化かしては、得意になっている〝むじな〟がおったとさ」

〝むじな〟とは、たぬきのことで、昔から人を化かすと信じられていた。

この林は、恐い関所のような役目をはたしていた。どうしてもこの林を通らなければ、隣村まで行くことができなかった。

一番〝むじな〟が出るのは、しとしとと雨の降る梅雨時の夜が多かった。次に秋から冬にかけて、しぐれる晩が多かった。

「一人で道を歩いていると、後からぴちゃぴちゃと足音がしたとさ」

「足を止めると、ぴたりと止まったとさ」

「あゝ、また、うわさの〝むじな〟が出たとさ」

「恐くて足がすくみ、足が前へ出なく、歩けなかったとさ」

「ある時は、白い手ぬぐいをかぶった姉さまになったとさ。大きな口に、真赤な口紅をつけ、頬に真白いおしろいをぬり、にたあと笑ったとさ」

そのうす気味の悪い顔の恐かったこと。思い出すと身震いがしたそうな。

「また、ある時は〝一つ目小僧〟に化けて、村人を驚かしては、喜んでいたとさ」

「うちのじいちゃんも、一回化かされた。いよいよ出てきたなあと思い、気をしっかり引き締めたがやられてしもた。一晩中、同じ場所をぐるぐる回って、夜がしらじらと明けたそうな」

「本当の、本当の話しだ！　うそではないぞ！」

民ばあちゃんは、昔話を山ほど知っていた。毎晩のように語っても、語りつくせなかった。手を変え、品を変え語ってくれた。

外はすたすたと雪が降っているけれど、炬燵は暖かかった。民ばあちゃんの昔話は、何度聞いてもおもしろかった。

村人は何人も化かされている。

〝むじな〟に化かされるのがくやしくて、村人の皆が集会所に集まり、〝むじな退治〟の相談が開かれた。

話し合いの結果、林からいぶり出すことを考えた。杉の木の葉をたくさん集めて、燃やして煙でいぶり出す方法である。

捕えた〝むじな〟を罰として、火あぶりの刑にしようとまで、エスカレートしてしまった。それは少し可哀相じゃないかと、反対する者もいた。

最後には、大きな釜を用意して、皆でタヌキ汁にして食べることに決まった。人から聞いた話だが、タヌキ汁は身体がほかほかと温まるそうな。

「正雄よ、安心せっしゃい。火あぶりの刑やタヌキ汁の相談は、村人の本心じゃないんだ

よ。ちょっと、〝むじな〟に対するおどしじゃ！」

不思議なことに、どうして〝むじな〟に分かったのか、それからはぴたりと、〝むじな〟は、現れなくなったそうな。

「めでたし、めでたし。今日のお話しは、これでおしまい。また、あした語るべさ」

何時も正雄お父さんは、民ばあちゃんの昔話の面白さに酔いしれていた。


（H・24・4・30）

仙吉じいさんとお灸

仙吉じいさんは、今年、喜寿を迎えた。

近頃、足を引きずりながら歩いている。

あわれな格好で、畑仕事をしている所へ、隣家の正雄さんがやってきた。

正雄さんは、仙吉じいさんより歳が五歳も上だ。

「膝が痛そうですね。私も膝が痛くて、六カ月前から、お灸の治療に通っているのですよ。お陰様で大分痛みが取れました。どうですか？　ためしに一度、お灸治療をやってみませんか？」

仙吉じいさんは、A町立病院の整形外科へ通っている。だが、思うように良くならない。こんなに痛くては、楽しみの一つである旅行にも行けやしない。

海外旅行にも行きたいし、どうかして足の痛みをなくしたい。仙吉じいさんは、ワラにもすがる思いで、お灸治療を決心した。

親切な正雄さんが、仙吉じいさんを針灸院までつれて行ってくれた。

針灸院は、隣り町の海岸近くにある。

「やあ、いらっしゃい」

初めて見るお灸の先生は、四十歳位の元気そうな若い先生である。

やさしそうな先生なので、仙吉じいさんはほっとした。しばらく待っていると、

「山田さん、どうぞ」

先生は、明るい声で、

「お灸は、簡単に言うと、東洋医学の分野です。人間の体に走っている〝ツボ〟にお灸をすえて、刺激をあたえ、新陳代謝をうながし、悪い所を治療する方法です。

日本の医学は、西洋医学が主流ですが、昔から中国や韓国で行われているように、漢方、針灸と言われる東洋医学も併用しながら、健康を保つ事も必要です」

仙吉じいさんは、深くうなずいた。

富山県では、高岡市にある国宝指定になっている瑞龍寺の六月一日、七月一日の〝一つやいと〟が有名である。テレビでも放映されるから誰でも知っている。

仙吉じいさんは、一つやいとは、何回も体験している。近所の人に誘われて行っているからだ。それ以来、久し振りのお灸である。

仙吉じいさんとお灸

仙吉じいさんは、緊張で体がかたくなった。

先生が、もぐさと線香、灰皿、ライターを持ってこられた。

「ベッドにあお向けに、寝て下さい」

ズボンがまくり上げられて、膝の上に小さなもぐさが置かれ、線香で火がつけられた。一瞬、強い熱さを感じ、体がびくっとした。何だか足が、軽くなったようだ。

先生がおもむろに、

「まあ、しばらく通ってみて下さい」

仙吉じいさんは、片道三〇分の距離をものともせず、根気よく毎日、マイカーで通院した。通院してから三カ月がたつと、お灸の効果が徐々に現れてきた。

足がうそのように軽くなった。

仙吉じいさんは、足が思うように動けなくなったら、どうしようか。その事がずっと心配の種だった。車椅子になったら何処にも行けやしない。

仙吉じいさんの一番の楽しみは旅行である。日本国内でも、まだ行っていない所が山とある。まだ北海道は、道南しか行っていない。九州には、ほんの一部しか足をふみ入れた事がない。行けなかった場所を残して、あの世へ行くのは心残りである。

そんな事を思っていると、情けなく、今にも泣けそうになってくる。

仙吉じいさんは、少しだけ明るい希望がわいてきた。足が良くなったら、先ず旅行がしたい。何処へ行くかな。とりあえず近くの日帰りツアーに申し込んで行くことにしよう。

あれこれ思いめぐらしていると、元気が出てきた。昨年の十月から、冬の間も休まずに通った。通院治療をしてから、六カ月がたった。お灸の力はすごいなあ。

やっと足を引きずって歩いていたのが、今ではスムーズに歩けるようになった。

「民ばあちゃんや、喜んでくれ、これで念願の旅行に行けるぞ！」

「良かったですね。それではためしに近い所で長野県の〝善光寺参り〟を二人でしてきますか。お礼をかねて、早速ツアーに申し込みますよ」

今日は、新緑の五月晴れだ。大きな観光バスが待っている。

「ウィークデーは、私たち高齢者の世界ね。夫婦で善光寺参れて、素敵だわ」

民ばあちゃんのうれしそうな顔がある。

仙吉じいさんの満足した顔がある。

お灸に感謝！　お灸に万歳！

（H・24・5・6）

するするの活躍

ぼくのニックネームは、するする。

地面をするすると這うのと、するすると木登りが上手だからである。

ぼくは青大将と呼ばれ、日本では最も大きな蛇と言われている。体の色は青みがかった灰緑色で、長さは約二メートル、胴回りは約八センチ位ある。

ぼくは田中家の屋敷に、五年ほど前から住みつきはじめた。仙吉じいさん、民ばあちゃんの老夫婦から、屋敷の守り神として、大変うやまわれている。

ぼくは屋敷と畑のネズミ、モグラ、カエルなどを餌として生きている。その他に田中家には鶏が十羽飼ってある。腹が減ると、卵をねらって鶏小屋へしのび込むのだ。その卵は特別においしいご馳走である。

ぼくの周りは、田圃の基盤整備がなされ、大きな田圃となり、昔と違って土手が小さくなり、住みにくくなった。その上、人間たちが除草剤を散布するので、ネズミ、モグラ、カエル、微生物などが少なくなった。

するするの活躍

それ故に、住み家を土手から、田中家の屋敷のつつじの下に穴を掘り、五年前あらそこに住んでいる。

ぼくは、いたずらが大好きである。この間、仙吉じいさんが庭の草むしりをしていた。四月上旬の寒い日、つつじの木の上で、とぐろをまいて日なたぼっこをしていた。

仙吉じいさんが、腰を上げるのと同時に、ぼくとかち合った。

「あ〵、びっくりした。度肝を抜かれたよ。するする、おどかすなよ！」

ぼくは仙吉じいさんの跳び上がって、驚いた格好が面白くて愉快になった。


先日、一大事件が起きた。ぼくはポーチの屋根の上に登っていた。運悪くすべり落ちた所へ、たまたま民ばあちゃんとぶつかった。

突然、ぼくが現れたので、民ばあちゃんがびっくりして、ひっくり返った。

「お〵い、じいちゃん！　腰が上がらんよ！　助けて！」

「こりゃえらい事だ、じっとしておれ。救急車を頼むしかないなあ」

ピーポ、ピーポを鳴らしながら救急車が到着した。近所の人たちが集まってきて、早朝から大騒ぎになった。ぼくは、すばやく庭のつつじの木の下に身をかくした。

民ばあちゃんは、近くの総合病院へ運ばれた。診断の結果、三カ月の入院期間を必要とするとの事だ。

仙吉じいさんは、毎日、民ばあちゃんの見舞いに通った。

「ばあちゃん、するするに、えらい目にあったね。あんな長い大きいのが、いきなり上から落ちてきたら、誰だって腰をぬかすさ」

ぼくは、仙吉じいさんがどうしているか、心配になり、庭から部屋の中をのぞいた。慣れない手つきで、ラーメンを造っている。モヤシと卵を入れておいしそうだ。

次に、洗濯機の前で、ボタンとにらめっこをして、ぶつぶつひとり言を言っている。どのボタンを押したら良いか分からないとみえる。

ぼくは、一人住まいになった仙吉じいさんが心配になって、時々、居間をのぞくと、日中は、テレビの前で、ぼうっと座っている。

やはり民ばあちゃんがいないと、元気がなくて駄目だ。

三カ月がたって、ようやく民ばあちゃんが退院してきた。

「じいちゃん、私がいないと、畑は草だらけだし、駄目ね」

「おれ一人では、何からしてよいやら分からんのだ。三度の食事もラーメンと卵焼き、納豆ばかり食べていた。スーパーへ行くと、刺身、惣菜は売っているが、お前の手料理でないと口に合わんのだよ」

「あなた大変だわ。するするがカラス除け用の網にひっかかって動けないのよ。網からはずそうとすると、大きな口をあけて、あばれるのよ」

翌朝、畑から民ばあちゃんが、あたふたと帰ってきた。

「あなた大変。するするが動かなくなったわ」

するするがいなくなってから、次々と困った事が起きた。自慢の庭が、モグラがはびこって、土が盛り上がっている。じゃがいもの根っ子をネズミがかじって行く。改めて、するするの活躍が大きかった事が分かった。

早く第二のするするの到来を、首を長くして待っている。


（H・24・5・30）

チャップとミニトマト

ぼくは野沢家の大切なアイドル犬である。

バグ犬の雄の五歳、名前はチャップである。

ぼくはもともと日本にはいなかった犬である。昔、中国の宮廷で、愛玩用に飼われていた犬である。一見、ブルドックを小型にしたような感じである。

チャップの命名者は、野沢家の長男、高史が恐れ多くもかの有名な喜劇俳優、チャップリン様から借用して付けてくれた。

名前負けがしないか心配である。

喜劇俳優に負けない位、顔がユーモラスで、人なつっこいのが特徴である。世間では人気犬と評判である。

野沢家の朝は早い。夜明けと同時に、当主の正男お父さんにお供をして、町内を一回りする。ご主人が町内を一回りする目的の一つが他にもある。

持病である糖尿病の運動療法を兼ねて、町内の防犯パトロールである。

町内で変わった事がないか？　街灯が切れていないか？　ゴミが落ちていないか？　などに気をつけて歩いている。

今年の夏は、特別に暑かった。毎日、三十度を超す猛暑に、ほとほと参ってしまった。特にぼくは、純毛の毛皮を着ているし、人間さまのように汗腺が発達していない。だから暑くなると、大きく口を開けて、ハアハアと舌で呼吸をするしかないんだ。

ぼくの日常食は、ドックフードである。

緑色のビタミン、カルシウムを含み栄養価満点の固形物である。ただ、カリウムだけが抜いてある。

今年の五月に、ご主人と同じ尿路結石症を患った。二週間の入院費用、手術代の合計が、十五万円もかかった。保険がきかないから、人間さまより高いなんて、和代ママがさもしい事を言っている。情ない事をいわないでね。

昔から犬は飼主に似ると言うが、病気まで飼主に似るなんて、不思議でならない。

それ故、ぼくの食べる餌は、マグネシウムを抜いた特別の餌で、東京のお店から、わざわざ取り寄せている。

和代ママは、

「わが家で食べているコシヒカリ米より、二倍も高い餌を食べるなんて、犬のくせに生意気だわ」

と、ぶつぶつ言っている。

ぼくの夏バテを防ぐために、新鮮な生野菜が必要だろうと、〝ミニトマト〟をくれた。食べてみると、なかなかうまい。それから和代ママの顔を見る度に、

「ワン、ミニトマトをちょうだい」

ワンと一声吠えるのが、催促の合図になっている。ぼくは完全にミニトマトに、はまってしまった。野沢家自慢の無農薬野菜である。

太陽の光をいっぱいに浴びて、甘ずっぱい味がしておいしいんだ。おやつはミニトマトになった。一日に三個から五個位もらっている。お陰様で便秘もしないし、体調もすこぶる快調である。

それから庭に成っている〝ブルーベリー〟も時々くれるんだ。少し酸っぱいが、これも乙な味だ。昔から眼の薬だと言われているだけに、なんだか近頃、遠くまで見えるんだ。

近所では、ミニトマトとブルーベリーの大好きなチャップで有名になった。

たまに、物好きな人が、うわさを聞いて、わざわざぼくを観察にくるので、昼寝の邪魔をされて困っているんだ。

先日の事だ。

「家を留守にできないし、海外旅行にも行けないわ」

ご主人と和代ママが、ひそひそ話していた。

これで犬を飼うのは、止めようと話し合っているのが、耳に入ってきた。

ぼくの耳は、地獄耳なんだから。ぼくは何だか悲しくなってきた。

「野沢家に飼われた事は、何かの縁だと思うよ。ぼくが死ぬまで面倒をみてもらわなくちゃ。責任感に欠けると思うよ」

野沢家に癒し系百％で大サービスをしているのだから。この間、四泊五日の日程で、中国旅行に行くからと、親戚に預けられた。

ぼくは順応性の高い方だから、新しい飼主だと思って、何でも言う事を聞いた。

素直な性格だから、かわいがられた。

旅行が終わって、ご主人と和代ママがそろって迎えにきた。腹がたって、すねて尾っぽを振らなかった。ぼくはてっきり飼主が代わったものと思い、ささやかな抵抗を試みた訳だ。

二人とも、えらく困った顔をした。それから二度と親戚に預けられる事は、無くなった。

ぼくはやはり、野沢家にとって、何事にも代えがたい大切な家族の一員である。


（H・24・8・1）

じいちゃんの入院

ぼくのじいちゃんは、この八月で満七十五歳の誕生日を迎えた。今は長生きの時代だから、そんなに高齢とは言えない。

三カ月程前から左足を引きずって歩いている。ぼくは心配になってきた。

道理で夏休みに入って、時々付き合ってくれた朝のウオーキングも、ご無沙汰になっている。

ぼくは家族の皆がそろった夕食時に、思い切って言ってみた。

「じいちゃんの足、早いうちに病院へ行って診てもらわんと。益々痛くなるみたいだから」

おばあちゃん、お父さん、お母さんも口をそろえて賛成してくれた。

じいちゃんは、おもむろに、

「病院は昔から大きらいじゃ。だが、健太がそう言うなら明日にでも病院へ行くことにしようか。健太も一緒についてきてくれるか」

健太は、

「もちろん、じいちゃん一人では心細いから付いて行ってあげるよ」

ぼくは、いよいよ来年から中学生だから、何事も体験をしておく必要があると思った。

町立総合病院の待合室は、多くの患者でごったがえしている。ぼくは物珍しげに周りを見渡した。特に整形外科の前は、足を引きずった、おじいちゃんやおばあちゃんばかりである。たまに、手や足に包帯を巻いた若いお兄ちゃんやお姉ちゃんがいる。怪我をしたのだろうか？

受付をしてからもう一時間も経つのに、なかなか名前が呼ばれない。待ちくたびれていると、ピンク色の制服を着た、きれいな看護師さんが、

「野田仙吉さん、どうぞ診察室へお入り下さい」

と、告げられた。あんな可愛い看護師さんなら、ぼくは一回くらい入院しても良いなあと思った。

十分程してから、神妙な顔をしたじいちゃんが診察室から出てきた。これからレントゲンとＭＲＩ検査で診断することになった。

お医者さんの話では、七十五年も足を使えば、がたがきてもおかしくないとのこと。じいちゃんの場合、膝関節の軟骨がすり減ってしまったから、動く度に痛みがくるらしい。先生は、おっしゃった。

「心配しなくても最悪の場合、人工関節がありますから、それで人生を乗り切りましょう。膝の内部をくわしく診たいですから、関節鏡を入れて診ることにします」

その夜、ぼくの家では、家族会議が開かれた。膝に〝関節鏡〟を挿入して診ることや、〝人工関節〟のことが話し合われた。

いよいよ入院当日。ぼくとお母さんが一緒に付き添って行くことになった。


ベッドで寝ているじいちゃんは、点滴の管が下がっていて、身動きができないので、少し可哀相になってきた。

手術は無事一時間半ほどで終わった。手術の三日後、主治医の先生からモニターテレビで、手術の結果をじいちゃん、お母さん、特別にぼくも一緒に説明してもらった。

「膝の正常な部分の軟骨はすべて、白くきれいに映っているでしょう。悪い所は黒くぎざぎざになっているでしょう。そこで野田さんの場合、良い部分もありますから、半分の人工関節を入れることにしましょう」

そういうことになった。

ぼくの夏休みも終わりに近づいてきた。宿題も仕上げなければならない。

毎日、お父さんとお母さんが、仕事が終わってから、交替でじいちゃんの様子を見に行っている。ぼくもその都度一緒について行く。

　土曜日に行ったら、リハビリに励んでいるじいちゃんを見た。額に汗をかいて左足を上下に動かしている。何事にも一生懸命に取り組む所を、ぼくは尊敬しているんだ。

「じいちゃん、がんばっているんだね」

　じいちゃんが、言っていた。

「がんばらなくちゃ！　健太と朝のウオーキングをしたいんだ」

　じいちゃんの退院の日がやってきた。

　車の中で、お父さんが宣言した。

「今晩は、じいちゃんの快気祝いだ！　健太も何回も見舞に行ってくれて有難う」

　ぼくはうれしくなった。家族とは心を一つにして助け合って生きているんだね。

（H・24・8・7）

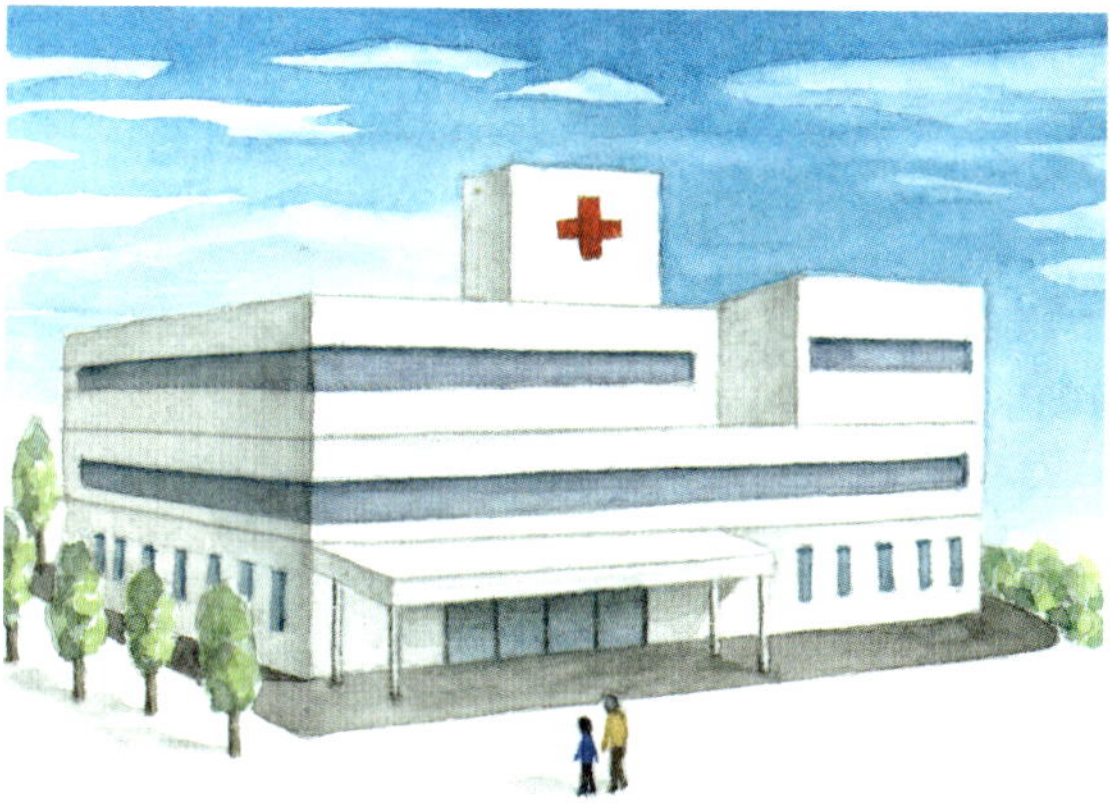

カラスと知恵くらべ

仙名じいちゃんは、三年前に民ばあちゃんを亡くしてから、寂しい一人暮らしである。それまで二人で仲良く野菜造りに励んできた。八十歳を過ぎて一人になっても元気である。そして、現在の生きがいは、野菜造りである。キウリ、トマト、ナス、スイカなどを作り、自分で食べる分は十分過ぎる。

一人で食べ切れないから、余りは近所の人たちや、近くの町へ嫁いでいる一人娘へ届けている。娘は顔さえ見れば、

「じいちゃん、一人暮らしは何かと危ないし、寂しいと思うから、町で孫たちと一緒に暮らしましょう」

と、説得をするが、頑として耳を貸そうとしない。

「何を言っとんがや、あんなごちゃごちゃした狭い所では暮らせせんちゃ。田舎は周りに家はないし、広々と静かにのんびり生活するのが一番やあ」

じいちゃんは、野菜作りができる間は、一人でがんばると言っている。近所の人たちも暖かく見守ってくれる。話し相手になってくれる人もいる。

今年の大雪も心配して見にきてくれた。

田舎では、まだ近隣同士の助け合いの精神が残っている。

今一番、じいちゃんの力を入れているのは、小玉ズイカ作りである。お盆には可愛い孫た

ちに腹一杯食べさせてやりたい。

この間から、カラスが畑の様子を見にきている。スイカがいろむのを、今か今かと狙っている。青くて未熟のは、つつかない。

カラスは利口者だ。匂いで分かるのか。一番おいしい時期を狙っている。

毎日、雨が降り続いた。晴れてから網をかぶせようと思っていた。それが大失敗だった。

カラスの大集団がやってきて、見るも無残にくちゃくちゃにつついて行った。

じいちゃんは、はらわたが煮えくり返り、我慢ができなくなった。

折角と毎日、丹精を込めて今まで育ててきたのが、水の泡になってしまった。

一晩中寝て考えた事は、カラスとの知恵くらべだ。

昔からムジナ、テンなどの皮を取るためや、鶏を狙うイタチを捕獲するために〝トラバサミ〟を使った。トラバサミは強固な物である。一度引っかかったら、逃げることは不可能だ。大きなトラバサミは、熊さえも仕留めることができる。

トラバサミにおいしい魚の頭を付けて、野菜畑の横のいちじくの木にぶら下げて置いた。

翌朝、畑へ行って見ると、一羽の大きなカラスが引っ掛かっていた。

夕方に引っ掛かって、一晩中バタバタと逃げようと、あばれたらしい。あばれ疲れて、息たえだえになっている。

その周りを仲間のカラスが三羽、心配そうに見守っている。

じいちゃんが叫んだ。

「どうだ、悪い事をすると、こんな目にあうのだぞ、思いしれ！　二、三日野ざらしにしておくぞ！」

意気込んでみたものの、仙名じいちゃんは、直ぐに、可哀相な事をした、大人げない事をしたものだ、少しやり過ぎたと後悔した。


じいちゃんが、農協まで用事に行こうと、自転車に乗って家を出た途端、突然、大きい黒い物が空から舞い降りてきた。

するどい爪で頭に一撃をくらった。

何が何だか分からない。目の前が真黒になった。頭に手をやると血がにじんでいる。

カラスの仕返しだ。カラスは執念深い鳥だと言われている。

まさかこんな報復を受けるなんて、恐ろしい事だ。ともかく、近くの医院で傷の手当てをしてもらった。

幸い傷は、大した事もなく、消毒をして傷薬を付けてもらった。

仙名じいちゃんが、カラスに襲われたと、あっと言う間に、集落中に知れわたった。しばらくその事が大きな話題となり、賑わせた。それからは、恐ろしくてカラスに〝トラバサミ〟を仕掛ける人は、誰もいなくなった。当分の間、カラスの天下が続くだろう。
カラスは、野菜畑の王様だ！

（H・24・11・12）

青い瞳の王女さま

昔々ある所に、緑豊かな王国があった。地中海地方の交易の要所として栄えていた。都には、ひときわ目立つ立派な宮殿があった。王さまと后、一人娘のナターシャ王女さまが、むつまじく暮らしていた。

ナターシャ王女さまは、誰しもが認める眩しい美貌の持ち主であった。その噂は近郷近在に響き渡り、連日のように若い求婚者たちが押しよせていた。

「なんとお美しいナターシャさま。私はあなたに恋こがれています。どうかこのダイヤの指輪を受け取って下さい」

「私は世界の誰よりも、あなたを深く愛しています。この黄金の首飾りは、世界に一つしか無い物です。これをプレゼントいたします」

若い求婚者たちは、様々な贈り物でナターシャ王女さまの気を引こうと試みた。

だが、絶世の美人である王女さまは、ガラス玉のような感情のない瞳で、求婚者たちを見下していた。どんなに立派な贈り物にも、王女さまの心は動かなかった。

「私の望みは、ただ一つです。それを叶えて下さる方と結婚をいたしますわ」

だが、どんな物が欲しいのかと聞いても、王女さまは、そう言うだけである。

若い求婚者たちは、必死になって珍しい宝物を探してきた。王宮殿の広間が金銀財宝で埋っても、王女さまが首を縦に振ることはなかった。

ある日、王女さまは近くの森に散歩に出かけた。すると大きな木の下に、一人の青年が倒れているのを発見した。

彼は旅の者で、砂漠を渡る途中に盗賊におそわれた。食糧や持ち物を盗られ、命からがらやっとこの森まで逃げてきたと言う。

よくよく顔を見ると、顔立ちが端正で、きりりとしている。この国では珍しい金色の髪に青い瞳の青年である。

王女さまは、この青年に興味を示し、しばらく王宮殿に滞在させることにした。

「王女さま、有難うございます。あなたが助けて下さらなかったら、私はもうこの世にいなかったでしょう。このご恩は決して一生涯忘れません。しかし、今の私には何のお礼もできません」

「いいのよ。だって私、どんな贈り物をもらってもうれしくないもの。それよりあなたが今まで経験した旅のお話をして下さらないかしら。外の世界の事を知りたいの。私はずっとこのお城から出たことがないのよ」

「分かりました。私は世界中を旅してきました。王女さまの知らない不思議な話を一ぱい知っています。お礼のかわりにお話いたしましょう」

王女さまはとても喜んだ。青年は毎日たくさんの面白い話を聞かせてくれた。

王女さまは、彼の話に酔いしれていた。

「私の話が少しでも、王女さまのお慰めになるのなら、何時までも王宮殿に残ることにいたしましょう」

だが、青年には不純な企みがあった。実は彼は旅人ではなく、結婚許欺師だったのだ。

彼の目的は、王女さまと結婚し、王国の財産を手に入れる事だった。事前の調査で、青年は王女さまが外の世界に強い憧れを持っている事を熟知していた。それこそが王女さまが望むものだと分かっていた。だから行き倒れの旅人のふりをして、上手に王宮にもぐり込んだのだ。今まで多くの人たちを、巧みな嘘で騙してきた彼にとって、作り話をするのはいとも簡単な事だった。それからも毎日、身近でほら話を続けて、ついに王女さまの心を手に入れた。

「ナターシャ王女さま、私は他の求婚者たちのように身分も財産もございません。しかしあなたさまへの愛は誰にも劣りません。どうか私と結婚をして下さいませんか？」

「もちろんです。だってあなたは私のたった一つの望みを叶えて下さる方ですもの」

「王女さまの望みは、それは外の世界を知る事でしょう。いくらでも見せて差し上げます。私に出きる事なら何でも叶えて差し上げましょう」

「ありがとう、感謝するわ」

そう言うと、王女さまはおもむろに自分の手を目にあてると、青く輝いた玉が床に転がり落ちた。青年は深々と覗き込んだ。そして飛び上がった。

「おゝ、何と言うことだろう！」

王女さまの手の平で輝いているのは、眼球ではなく青いガラス球だったのだ。

「あなたの目を頂くわ。ずっと首を長くして待っていたの。私と同じ青い瞳をした人が何時くるかと、これでやっと美しい景色や贈り物を見る事が出きるわ……」


（H・25・5・2）

どじな魔法使い

私の夢は、きれいなドレス姿のお姫様になることである。

ハァー、とアーニャは、大きなため息を冷たい手に吹きかけた。冬の玄関掃除は、寒くてつらい。今夜、お城で華やかな舞踏会が開かれる。

だが、アーニャは、しがないメイドの身である。舞踏会に出られるはずもない。

主人一家の三人娘たちが、着飾るのを指をくわえて、遠くから見ているだけである。

私が行けたら、絶対に王子様に見初められるに違いない。

アーニャは、自分の要望に自信があった。

とは言え、いくら美貌だったとしても、王子様の目に留まらなければ、見初められることはない。アーニャよりもずっと劣るこの家の三人娘の方が、まだお妃になる可能性が高いのだ。

　世の中って、皮肉なものだ。

アーニャは怒りを込めながら、もくもくと掃き掃除をしている。

「がんばっているね。そこのお嬢さん」

いきなり後ろから声をかけられ、アーニャは仕事の手を止めた。

「何？　わたし、今、ご機嫌ななめなの」

振り返ると、そこには可愛い顔をした少年が立っていた。

少年のくせに生意気にも、ステッキを持っている。

「そんなことを言わないで、僕の話を聞いてくれよ」

「何？」

「今日、お城で舞踏会をやっているのを知っているよね。うちの王子様って言うのが、なかなかの面食いでね。こうして僕たち魔法使いが新しい娘たちを探して歩いているんだ。君、舞踏会に出てくれない？」

「もちろん出たいわ」

「じゃあ、出してあげる」

「でも、服装とかはどうするのよ。わたし舞踏会に着て行くドレスなんか持ってないわ」

「心配はいらないよ。僕が魔法で君を変身させることが出きるから」

少年は、にっこり笑うと、ステッキをくるくる回した。

ぎーん、と妙な音がした。

「へえー？」

紺色の地味なメイド服を着ていたはずなのに、いつの間にか服装が変わっている。

「どう？　きれいに見えるかしら？」

「そこにある鏡を取ってちょうだい」

少年はどこからともなく姿見を取り出した。

アーニャは、自分の着ているドレスを、じっと見詰めた。

「まあ、何て趣味が悪いの」

と、アーニャは、すぐさま文句をつける。

「ドレスの形は、見事にデザインされているが、色が変よ」

どぎつい赤色なのだ。生地が良いのにもったいない。

「別のドレスに変えられないかしら？　この赤色、どう見てもどぎつ過ぎるわ」

「そうか？　可愛いと思うけどなあ。仕方がない、もう一回か」

また、少年が手品師のように、くるくるステッキを回す。

ぎーん。

「また、やり直し」

アーニャは、鏡を見て言った。

少年は不満そうに唇をとがらせた。

「それ、とても可愛いじゃないか」

「嫌よ。何、このフリルだらけのドレスは。しかもフリルの色に統一感がないし、まださっきの赤色の方がいいわよ」

「わがままだな、お前って奴は」

「何か言った？」

せっかくの舞踏会に行けるのなら、王子さまの目をとりこにさせるような、とっておきのドレスを着て行きたかった。

どうせ魔法なのだ。何が何でも欲深く行きたい。

「じゃー、もう一度ね」

ぎーん。

「やはり鈍くさい。何この金ぴかみたいな色」

ぎーん。

「駄目よ。いくら何でも派手過ぎよ」

自分が満足するまで、アーニャは魔法使いに、しつこく駄目押しを続けた。

ようやく、アーニャの気に入ったドレスが現れた時には、二人共疲れはてていた。

でも、やっと憧れの舞踏会に行ける。

だが、少年魔法使いが慌てたように叫んだ。

「もう舞踏会は、終わっているぞ！」


（H・25・5・12）

山の精霊

私の子供の頃の話である。

私の祖父母は、北陸の山奥に住んでいた。

私は夏休みになると、必ず遊びに行っていた。夏休みの大半をそこで過ごすことになる。

祖父母の家は、地元では山持ちで知られていた。祖父母の家の裏には、小さな山があった。その山の中に、灌漑用に大きな堤がある。薄暗い森というのは、神秘的なもので、朝の早い時に、霞がかかると、一人で行くと吸い込まれそうで、気色が悪かった。

そういう事で、一人だけでは、その山に近づくなと、祖父母から強く言われていた。

もちろん、私は小心者だし、その山に立ち入ることはなかった。また、以前に子供が溺れ死んだとか、大蛇が出たとか変な噂がたえなかった。

ある日、私は一人で川辺で水遊びをしていた。山あいを流れる川の水は清く澄んでいて、鮒、どじょうなど泳いでいた。

私は泳ぐ勇気などなく、川辺で足を浸すくらいだったけれど、それでも私にとって十分に楽しい遊びだった。

彼と会ったのは、その時だった。

初めて診る顔だな。

歳は小学校の高学年くらい。当時の私よりも一つ二つ上のように見えた。丸刈りが少し伸びたような頭に、真っ黒に日焼けした顔、いかにもいたずら好きそうな少年が、物珍しげに私に話しかけてきた。どうも、彼は祖父母の家の近くに住んでいるようだ。

ひと一倍人見知りだった私も、人なつこい彼と初対面で打ち解けることが出きた。

そして、一緒に遊ぼうと言うことになった。私の知らない所をたくさん知っていた。

カブト虫がいる所、甘い野いちごの成っている所など、時間があっと言う間に過ぎた。

「最後に誰も知らない場所へつれて行ってやる」

少年は不気味な笑いをして、走り出した。

私も負けずに彼の後を追った。

彼の足は速く、私はハァーハァーと息をついでやっとだった。見失わないようにすることが精いっぱいだった。

ふと我に返った時には、すでに最も深い山奥に立ち入っていた。

少年を置き去りにして、一人で引き返すのも卑怯にみえて、途方に暮れた。

妙に薄気味悪い森の中で、少年は立ち止まった。

「ここはな、冒険したい時には最高だよ」

少年は得意げに周囲を見回している。

「薄暗くて恐い感じがしていいだろう。おれは、ここで人骨を発見した事もあるんだぜ」

少年は胸を張るが、私は祖父母の言いつけを破って、山へきたことを後悔した。

私は、いかにして山を下るかばかりを考えていた。私が上の空であることに気づいた少年は、不機嫌な顔で尋ねた。

「一体どうしたんだい？」

私は素直に、この山へ立ち入るなと祖父母に強く言われた事を話した。

少年はそれを聞いて、そうかと軽蔑したように笑った。

「この山が立ち入り禁止だってこと位、おれも知っているよ。でも、そんな大人の言うことを、まともに聞くことは無いだろう？」

けれども、私は恐ろしくてがたがた震えていた。いくら小心者とは言え、情けのない恐がり方だった。

少年は私の意気地のなさに同情したのだろう。勝手にしろ、と言い捨てると一人で森の中に消えて行った。

私は何がなんでも、この山を下る事しか考えていなかった。とにかく、無我夢中で転がるように山を下った。

森を出た途端に、体全体に汗がにじみ出たことを今でもよく覚えている。


こんな話を従兄弟にした事がある。

もう五十年も前の話で、軽い気持ちで話したのだが、従兄弟は怪訝な顔をした。

「祖父母の家の近くには、その少年に該当する年齢の子供はいなかった筈だよ」

と、従兄弟は言うのだった。

「裏山には、〝山の精霊〟がいて、君を引っぱって行ったのだよ」

「えゝ、山の精霊？」

私は背筋が寒くなった。


（H・25・5・15）

野良猫三兄弟

富山県の東部を流れる黒部川は、昔からあばれ川といわれ、大洪水との戦いであった。

今では立派な堤防と、ダムの建設によって、災害のない川になった。

その河口の林の中に、大五郎、小次郎、花子という野良猫三兄弟が住みついていた。

「あー、ぼくのお母さんに会いたいなあ」

黒猫の大五郎は、悲しそうに一人ごとをいった。

「わたしも会いたいわ」

茶猫の花子も、目をうるませた。

「ぼくだって会いたいよー、お母さーん」

と、ぶち猫の小次郎は、ぽろぽろと涙をこぼしている。

「ニャーン、ニャーン、お母さんに会いたいよー」

とうとう三兄弟は、いっせいに泣き出した。その声があまりにも大きいので、林じゅうに響きわたった。その騒々しさに我まんができず、この林のボス猫じいさんがやってきた。

「これこれ、坊やたち、どうしたのかね」

「お母さんのおっぱい飲みたいの」

三兄弟は、泣きながらいった。

ボス猫じいさんは、

「なんだそんなことか。お前たちのお母さんはな、三毛といってな、この村では一番の器量好し猫なんだよ」

「えー？　おじさん知っているの？」

「知っているとも、おれはこの界わいのことなら何でも知っている情報マンよ」

「じゃ、お母さんのいる家を教えて」

ボス猫じいさんは、胸をはって
「あゝ、いいとも。三毛ちゃんはなあ、村はずれの一軒家で民ばあちゃんと、暮らしているよ。民ばあちゃんは、もう米寿を過ぎて、足腰が弱くなり、とてもお前たちの面倒をみてやれないと、仕方なくこの林に捨てて行ったのさ」

三兄弟は、ぷりぷりと腹をたてて、

「捨て猫にするなんて、許せないわ」

ボス猫じいさんは、悲しそうな目をして、

「でもなあ、お前たちを捨てるには、ずい分と悩んだらしいよ。捨てた後、どうしているか何回も様子を見にきたし、毎日、食べる物を食べているか心配で、夜もよく眠れなかったと聞いている。

時々、食べ物がおいてあるのは、民ばあちゃんだよ。だから民ばあちゃんを、うらむでないよ」

大五郎は納得をした。

「じゃ、ぼくたち何か、民ばあちゃんの喜びそうな食べ物を探して、持って行こうか」

「そうしよう、そうしよう」

三兄弟は、うれしくなって、そこら中を捜しまわった。この河口の林は、赤松の木が多く繁っている。赤松の下には、松タケがはえる。大五郎が、大きな大きな〝松タケ〟を見つけてきた。

「どうだい、いい匂いがするだろう。民ばあちゃんが喜ぶぜ」

花子が〝栗の実〟をいっぱい拾ってきた。

「ほーら、うまそうでしょう。お母さんが目をまるくして喜ぶわ」

小次郎が、むらさき色の〝野ぶどう〟の大きな房をかついできた。

「これは、とっても甘いよ。これなら民ばあちゃんも、お母さんも喜ぶぜ」

三兄弟は、それぞれのプレゼントを持って、元気よく林を出発した。

「空は晴れだよ。ニャン、ニャン、ニャン、ばあちゃん、母さん待ってるぞ！」

村はずれの一軒家につくと、なつかしいお母さんが玄関先で待っていた。

「お母さーん、会いたかったよ」

三兄弟は、プレゼントを投げだして、かけよった。しばらくの間、お母さんと三兄弟は、抱き合った。しかし、お母さんは、きびしい声でいいはなった。

「甘えるじゃないよ！　お前たちは、もう子供ではありません。立派な大人よ。何時までもお母さんの事を忘れないのは、うれしいけど、甘えちゃだめよ。さあ、今すぐ林へお帰り！」

三兄弟は、びっくりして、こわい顔をしたお母さんを見つめていた。なる程、よく見ると体だって、お母さんとかわらないくらい、大きくなっていた。

「お母さん、分かりました。でも、ぼくたちのプレゼントだけは、受け取ってね」

三兄弟は、それぞれのプレゼントを、山のように積み上げた。

「ありがとう。何とやさしいお前たち。これからも、たくましく生きて行くのよ。お母さんは遠くから、お前たちを見守っている」

雪化粧をした立山のいただきから、お日様がにこにこと、この光景を眺めていた。


（H・26・4・23）

笹のちまきと大蛇

富山県の東部を流れる黒部川は、この地方の田畑をうるおし、昔から多くの恩恵を受けてきた。

昔、黒部川の上流にあたる、愛本橋のたもとに、徳左衛門夫婦が茶店を営んでいた。

旅人に、一ぜん飯や、しぶ茶を出して、貧しいけれども、何時も楽しく暮らしていた。

二人の間に、かわいい一人娘のお光がいて、目に入れても痛くないくらい、それはそれは、かわいがって育てていた。

ただ、このお光には、不思議なことに、生まれた時から、右のあばら骨の下に、三枚のうろこの斑点があった。

徳左衛門夫婦は、このことだけは、どんなことがあっても、誰にも話さずにしっかと秘密にしていた。

お光は、十八歳になった。番茶も出花の年頃である。山ゆりのように、美しくてやさし

笹のちまきと大蛇

い、茶店の看板娘として、近郷近在に知れ渡っていた。


ある夏の夜であった。雨が降っていた。

すっかり暗くなってからである。

トン、トン。

「お頼み申す」

雨戸を開けて見ると、びっしょり体をぬらした、旅すがたの武士が、一夜の宿を申し込んできた。きりりとした若武者である。

「さあ、お入りなされませ」

徳左衛門は心よくまねき入れた。民ばあさまは、いろりに火をくべてあたらせた。

そして熱いお茶を進めた。

夜がふけてきたので、

「さあ、むさくるしい所ですが、どうぞお休みなされませ」

「それでは、えんりょなく一晩ごやっかいになります」

武士は、朝早く旅に立って行った。

この日を境に、お光が夜になると、徳左衛門夫婦の目をぬすみ、決まったように黒部川の川底に身をしずめるようになった。

ある夜、お光の姿は、茶店から消えてしまった。徳左衛門夫婦は、お光のことが心配で、毎日、泣き暮らしていた。

お光の家出から、ちょう度、一年目の夜であった。むし暑い夏で雨が降っていた。

トン、トン。雨戸をたたく者がいる。

徳左衛門が、雨戸を開けて見て驚いた。

お光ではないか。お光が帰ってきたのだ。民ばあさまは、お光にとりすがって泣きくずれた。お光に、

「今までどうしていたのかい？」

こと細かく聞いてみた。どうも要領を得ない。

お光は両手いっぱいに、〝笹のちまき〟を大切そうにかかえている。

「これお土産なの。食べてみてちょうだい」

そして、二人の前に手をついて、

「お父さん、お母さん、黙って家出をしてご免なさい」

と、頭を下げた。

徳左衛門夫婦は、長かった一年の悲しみも忘れて喜び合った。


ある晩のことである。お光はかぼそい声で、

「ぬるま湯を作って、納戸へ運んで下さい。赤ちゃんが生まれるのです。けれども、決して、決して、納戸をのぞいたり、入らないで欲しいのです」

お光は、ぴたりと戸を閉めた。人は見るなと、念を押されると、見たいのが人の心。

民母さまは、うれしいやら、心配やらで、そっと、戸のすき間から、のぞいてしまった。

「やめろ！　民」

徳左衛門が、止めた時にはもう遅く、民母さまが見たものは、

「あゝ――」

そこには一匹の大蛇が、とぐろをまいて、赤ん坊をだいている。

「もうすべてがおしまいです。末ながく一緒に暮らしたいと思っていましたのに」

お光は泣きくずれた。

「お父さま、お母さま、何のお礼もできませんが、せめて〝笹のちまき〟の作り方をお教えしましょう。この〝笹のちまき〟は、しばらくの間は腐ることはありません。笹の葉には腐

るのを防ぐ成分があるのです」

泣きくずれる二人を残して、お光は、たちまち黒部川の青くよどんだ川底へ、かき消えて行ってしまった。

その後、徳左衛門夫婦の売り出した〝笹のちまき〟は、茶店の名物として後々までも評判となった。

（H・27・6・2）

カーコといちじく

「うめいなあ！　このいちじく、ちょうど今が食べ頃だ」

カラスのカーコは、舌鼓を打った。

仙吉じいさんの取らない中に、口に入れるのは、何とも言えない快感だ。

きっと、仙吉じいさんは、じだんだ踏んで怒るだろうなあ。くやしかったら、もっと早く起きて取れば良いのだ。明るくなるまで、寝ているからだよ。

俺は、早起きなんだ。

特に、雨上がりの朝は、いちじくは、ほたほたに熟しているからうまいね。

仙吉じいさんの家には、いちじくの木が三本あって、一本一本味が違うらしい。

親せきの人が、五、六年前に、わざわざ挿木をして育てた苗木を持ってきてくれた。

それが成長して、今やおいしい実を付けてくれる。親せきの人に感謝この上も無い。

俺にとって、仙吉じいさんのいちじく畑は、大切な縄張りの一つだから、一日に一度は、顔を出すようにしている。

いちじくのうれ具合を、チェックするのが日課である。

仙吉じいさんは、なかなか根性が悪い。

うまいのを、カーコに先にやられると、この間、先手を打って、いちじくの木の上から、大きな網をかぶせた。馬鹿な仙吉じいさんだ。いちじくを取るのに、四苦八苦している。

「それみたか！　いちじくを取るのに、時間がかかって、やっかいだろう」

俺だって、縄張りが何箇所もある。

仙吉じいさんのいちじくだけを、食べて生きてる訳ではない。他の家にも、遠征している。

仙吉じいさんの田舎も、高齢者と一人暮らし、空家が増えた。ついこの間まで元気だった、一人暮らしの太郎吉じいさんが、この三月にぽっくり亡くなった。太郎吉じいさんの畑のいちじくは、誰も食べる者がいない。

空家のいちじくは、安心して腹いっぱい食べれる。

だが、人間さまも鳥たちの僕らも、何事にも多少のスリルがないと、面白くない。

人間さまが、また、カーコにおいしいのをやられたと、くやしがるのを見ながら、ちょうだいするのが、壮快である。

俺たちは、人間さまとの知恵くらべが好きなのだ。やはり、人間さまに鳥除け用のネットを張られると、羽がからむから近づけない。

そこで、仙吉じいさんに提案がある。

「いちじくを、少しだけちょうだい。聞く所によると、仙吉じいさんが、糖尿病を患っているると耳に入った。それは、いちじくの食べ過ぎだよ。

俺が半分だけ食べてあげるから、一日に一個か二個にしなよ。血糖値が上がると駄目でしょう。何事にも程々にしないとね」


仙吉じいさんが、独り言を言っている。

こんなに一ぺんに色むと、食べ切れないよ。

「民ばあちゃんや、いちじくの保存方法を考えよう」

「良い方法があるわ。私、〝いちじくジャム〟を作ってみるわ」

それから、民ばあちゃんは、いちじくの皮をむき、細かくきざんで、砂糖を入れて煮つめた。それにレモン汁を入れて、ビン詰めにする。民ばあちゃんの独り言が、聞こえる。

「おいしいから、これ商品として、売れるかも知れないわ」

出きあがった〝いちじくジャム〟を、親せきや知人に配って歩いた。

「〝いちじくジャム〟を作ってみたの。食べてみてちょうだい」
二、三日たって、もらった人が、
「民ばあちゃん、先日もらった〝いちじくジャム〟を、パンに付けて食べると、とてもおいしかったわよ」

「それは良かったわ。また、来年も作ったらさしあげます」


仙吉じいさん宅の、朝の食卓である。

昔気質の仙吉じいさんは、日本人は、パンなど食べないで、白いご飯に納豆と味噌汁が、一番おいしいと信じている。

「ねえ、あなた、ためしに食パンに〝いちじくジャム〟を、付けたのを食べてみて、おいしいわよ」

「そうか食べてみるか。うむ、なるほど中々おいしいものじゃね」

「〝いちじくジャム〟が、いっぱいあるから、当分これで行きましょう」

今日も、仙吉夫婦は、〝いちじくジャム〟付きのパンを、うめいうめいと食べている。


（H・27・9・1）

あとがき

昭和十二年四月生まれの私は、間もなく「傘寿《さんじゅ》」を迎えます。

また、平成十七年から童話を書きはじめ、ちょうど十年が経過します。長らく生かさせていただいた事に、感謝をし、「傘寿」を記念して、念願の「童話集・みみの誕生」を出版する事が出来ました。

特に、平成十七年六月三十日付の夕刊に、「長尾の散歩」が掲載された時、亡き母が病院へ入院中でしたが、どうしても読みたいと言う事で、家まで夕刊を取りに行き、読んでもらった事が懐かしく思い出されます。

出版にあたって、色々とご教示賜りました。

桂書房代表の勝山敏一氏、挿絵を快く引き受けて下さいました画家、高慶敬子さんに厚くお礼を申し上げます。また、帯文をいただきました、入善町長・笹島春人氏にも深く感謝を申し上げます。

平成二十八年一月二十日　　著　者

【著者略歴】

窪野隆弘（くぼの・たかひろ）

昭和12年4月15日　富山県に生まれる。

神奈川大学　法経学部経済学科卒業。

富山大学　教育専攻科修了。

昭和43年4月から富山市役所に勤務。

平成10年3月、富山市考古資料館長を最後に定年退職。

著書に『一隅を照らす』

（北日本新聞開発センター）

『沢スギのそよぐ街から』

（北日本新聞開発センター）

『ゆずり葉』（桂書房）

〈所　属〉北日本四季の会会員

〈現住所〉〒938−0106

富山県下新川郡入善町野中55

TEL（0765）78−0777

窪野隆弘童話集

みみの誕生

二〇一六年一月二〇日　初版発行

著　者　窪《くぼ》野《の》隆《たか》弘《ひろ》＝作

高慶敬子＝絵

発行者　勝山敏一

発行所　桂書房

〒九三〇-〇一〇三

富山市北代三六八三-一一

TEL〇七六-四三四-四六〇〇

印　刷　株式会社　すがの印刷

製　本　株式会社　渋谷文泉閣

ISBN978-4-905345-99-2